⑬
血战灭世魔

四海为仙

管平潮 ◎ 著

浙江文艺出版社
Zhejiang Literature & Art Publishing House

目录

第一章
欢乐和颜，飘飞陛以凌虚

一听有人惊呼，大家赶紧朝四处看去，便看见在右边水壁上忽现一抹异色。

刚开始时，并看不清是什么颜色，等过了一会儿那光亮渐渐清晰，便见水壁后莫测难名的黑暗幽深里，有一道两三丈高的淡蓝光影，正在黑暗中飘飘荡荡，透过水壁荡漾着阵阵幽光。

一见光影浮现，诡谲难名，大家立即攥紧手中兵刃，屏息观察怪影如何行动。

不过须臾之后，便见波光大动，听不到任何响声，众人瞩目的淡蓝怪物已破壁而出！

到了这时，眼尖的才看清，原来软绵绵左右漂摆的长蓝物事，却是只章鱼模样的怪鱼。身躯半为透明，如伞罩一般圆转蓬松。遍体氤氲着幽蓝的光气，其中浮动着星尘一样的亮银光点。身下则是千百条细长如鞭的触须，一色也是银蓝相间，熠熠放光，在空明中胡乱挥舞。

不用说也知道，小言等人神经早已绷紧，如何会对气势汹汹的怪章客气？等遍体蓝辉的章鱼破壁打来时，各样法术光华早已如缤纷乱雨般急骤击去,一阵嗡嗡乱响之后,那章鱼早被击成碎片!

只是,饶是他们手段高强瞬即歼灭怪章,四下仍是惨呼一片。有不少士卒被幽蓝章鱼四下纷飞的尸体残片击中,竟像被烧红的烙铁打中,伤处火烧火燎,剧痛直入骨髓。转眼之后,被击中的士卒有不少已开始呼吸困难,显见中毒。

在这之后,这群误入深海迷阵的妖兵水灵,又遇到许多闻所未闻的攻击。

比如,以为一路只有些石头,脚掌踏过之时那石头却突然成活,一条满身锐刺的毒鱼立即凶狠刺来,转眼又是中毒。

或是幽暗莫测的水壁之后,突然有巨大触手横扫而出,将猝不及防之人齐腰卷住,转眼拖进无尽的黑暗之中。

在这些防不胜防的奇异攻击中,前后才不到半炷香工夫,小言带来的二三百名妖骑水灵,已经折损过半,虽然死者寥寥,却大都伤痕累累,最倒霉的,已将一路遇到的毒物毒素全都中齐。

虽然,这些妖兵水灵或是皮糙肉厚,或是本就擅抵水毒,一时还不见什么大碍,但若是不能尽快找到出路,则必死无疑。

在这样极端艰难的情形下,濒临绝境的兵卒们,又努力摸索过一个一个岔路,蹚过不知多少条危机四伏的水道,却始终没什么头绪。

"水无常势",水中的迷阵果然流转不息,种种岔道通路常转常新,小言他们始终都没看到任何相同的两处通路。

时间一点点过去,往日几乎战无不胜的队伍,实已陷入绝境。

只不过,陷入绝望中的他们并不知道,就在暗无天日的幽暗奇阵中,却有一人始终在一旁窥伺。

有一个金甲白袍的高大战将,一直潜在一团飞漩的水流中,在阵壁之外紧随着陷阵的四渎军卒。开始时只是关注陷阵四渎军卒的动向,但在听了阵中少年那句横剑悲愤之言后,他心中便有些疑惑:"张……小言?"

此人似乎听过小言大名,自此之后便更加紧随,努力在阵中纷乱的形势下捕捉小言的踪影。

大约过了一炷香工夫,阵外金甲战将最终确认:这个将帅打扮、下马左顾右盼横剑而行的少年,正是他熟识之人张小言!

就在这之后不久,正当小言带着队伍摸索着蹀躞前行时,却又听得有人突然大叫:"瞧!那是什么?!"

再闻惊呼,众人更是毛骨悚然,一齐朝声音所指方向看去,却见远处黑暗的流水中,又随波逐流漂来两点幽蓝之物。

"又是毒水母?!"

见青幽幽的蓝光与先前的毒章水母差不多,众人毫不迟疑,一经发现便飞起数十点寒芒,划破黝黑的流水朝两点蓝光扑去。

"慢!"

就在这时,全神贯注的小言却突然喝阻,手下古剑一扬,一片灿烂的剑光炫然卷出,将数点夺命的寒光瞬间击散。

"众位且稍住,那二物却似有些古怪,待我前去探来!"

说着话,小言辟水行出数步,已朝那两点悠然漂近的蓝辉倏然而去。

见他上前,老水神罔象点点头微微示意,战力强大的彭泽少主也跟了上去,防止三军主将有什么意外。自然,琼容不待长胡子老爷爷吩咐,也早已翩然破水而去,站到哥哥身后。

等靠得近了,小言等人这才看清,原来这两只正在黑暗海水中升升沉沉的幽蓝之物,左边是一只拳头大小的晶莹水球,中间包裹着一只花朵,仔细分辨是一只蕊叶纤然的碧蓝花朵;右边那物却有些奇怪,看样子是两支木条,靠得很近,一支完整,另一支却从中断裂。

两支看似普通的木条,却在幽暗里荧荧放着蓝光,还不停翻滚,盘旋滚动之时,两支木条总保持着平行的姿态,断裂的那支,无论翻转如何迅疾,却始终安然无恙。

看见这两物,小言心中便犯了嘀咕。以他神识,立即便判明这两物显然并无恶意,看样子并非凶器,却像两个谜题。

"这是……"

自饶州季家私塾启蒙,一直到罗浮山千鸟崖饱读经书,小言早不是那个只知混食的市井少年。这样的谜面,如何难得住他。只略一思索,他便大致有了答案。心中忖道:"这左边之物嘛……'知有清芬能解秽,更怜细叶巧凌霜',左边这幻影之花,应是兰花了。只是右边两根木条又作何解?"

沉吟之时,他身旁的彭泽少主楚怀玉,还有那个琼容小姑娘,也跟他一起参详。

楚怀玉总往水相事物联想,便始终不得头绪;琼容倒是颇有所得,觉得眼前一个不过是屋里拿来当摆设的兰花水晶球,另一个则是双木筷,只是其中断了一根,正属于哥哥千叮万嘱不要随便往回捡的破烂物事。

虽然很快想出答案,但连琼容自己也觉得太过简单,便没好意思说出口。

再说小言,心中继续紧张思忖:"这兰在水中,那该解为……"

既然两物同时出现,那便该对比一下两者之间有何不同。稍一观察,便觉得裹住兰花的晶莹水球颇有寓意。显然,这兰花本就由高手造就,即使在深海之中也不会轻易漂散,外面这层致密的水球,并非只作保护之用。这么一想,小言便豁然开朗:"水?水主润泽,这左边之物……润兰?!"

一想通这关窍,脑海中便如一道闪电瞬间照亮,小言顿时有了答案。水涵兰花，是为润兰；那右边两根木条便不是什么筷箸餐具，而是组成八卦的长短横道，"—"为阳爻，"--"为阴爻，由二木做成，相较晶兰水球又较大，那组合起来正是——

樊！

"樊川、润兰?!"

脱口喊出这俩名字，眼前两只提示之物忽如通了人性，在眼前上下微微浮动，似是点了点头，然后便悠然向旁边漂去。

"跟它走！"

小言当机立断，立命军卒跟在两个寓意"樊川""润兰"两位故人的奇物后面走。绝境之中，只愿如此逢生。身处危机四伏的深邃海水里，也只能抓住这根救命稻草。

在这之后罔象老水神，听得小言"樊川"之语，也立时惊悟，告诉他樊川正是南海镇守九井洲的旧洲主。九幽绝户阱，正是计蒙后裔樊川水神的拿手秘技。看来，孟章为了应付眼前战局，又将往日获罪的旧将起复了。

听了罔象之言，小言更加坚信自己的决定。紧随二物前行之时，他还在心中庆幸，庆幸果然善有善报，今日能脱困厄，全是拜当年好心所赐。念及此处，小言自然在心中拜谢各位上清宫祖师，并赌咒发誓，以后要更加勤修，涵养道德！

有了高人相助，大家才发现，原来铜墙铁壁一样的迷宫，忽已变得处处现生机，不少看似没什么通路的水壁，水球爻卦到处竟豁然洞开，凭空生出一条道路供人通过。并且，这一路上有惊无险，偶尔碰上几条看似凶猛的海鱼，也只是瞥了他们一眼便匆匆而过，并不前来袭扰。原本七拐八弯有若盘肠的幽深迷宫，他们没用半刻工夫便已顺利通过。

出了水阵，小言他们便发现自己正在一片林间空地。困境之中，几乎闷绝。一朝脱离，所有人都大口大口地呼吸，觉得格外舒畅。喘息之时，那些中毒较深的伤卒已被妥善安置，各自绑紧在通灵的兽骑上，以期能和大军一起行动。

就在众人整顿喘息之时，小言也没闲着，前后左右紧张地环顾，看看有什么敌人踪迹没有。

看得一回，不仅杳无敌踪，便连指路的恩公樊川也踪迹不见。险地不敢多留，见不着樊川，小言便只得抱拳向四周团团一拜，算是谢了他的指路之恩。

这时，他们这群突击骑兵已离九婴虺十分接近。虽说"望山跑死马"，九婴虺比寻常山脉还高，但现在不须凝神运目，便能看清庞硕异兽暗蓝皮肤上不易察觉的深紫花纹。九婴虺异兽远看着光滑的皮肤，现在一瞅，发现竟有许多沟壑一般的纹路。看来，他们距离九婴虺应该已经很近了。

靠得近了，终于也能看清那位高高在上面中央作法的老法师了。小言一瞅，一眼便认出正是见过几面的老龙灵。

"哈，将他击倒就成了！"

在无人的小树林中，小言紧紧盯着极力作法的老龙灵，心里不住地盘算着。在高山一样蹲踞的异兽背后，他还不知此时四渎玄灵大军已退到安全地带，正和南海龙军僵持。眼前这个摩天坐海的九婴虺也不似开始时那般凶恶，巨洞一样的九头虺口中半晌工夫才会喷出一团光焰，在忽明忽暗的海天夜色中流窜百里，有如身长万丈的灿烂灵蛇。

"打倒他们就成了！"

这个念头差不多在所有人心中升起。当即这支二三百人的队伍便悄悄向林外前进，意图一举奔出，突然发难，彻底解决异兽发狂的根源！

只是，当他们自觉悄无声息地冲出树林之后，全体上下包括小言在内，看清眼前景物,一时竟全都傻眼!

原来,此刻在他们面前,数百面绚烂的旌旗迎风招展,数十路披坚执锐的武士严阵以待,中间更有数十名黑袍法师各持法杖,同千百名甲士一齐注目朝他们这边冷冷瞪视。

"……原来刚才不是风声!"

这时,大家才知道,刚才在林中听到的呼呼的声音,并不是林外海岛猛烈的夜风,而是林外风卷牙纛的猎猎旗声。

"失败了!"

一见眼前阵势,小言便知道现在自己最该做什么。眼珠一转,他便仰脸朝正对面的龙灵子那边看去,左手却在身后做了个手势。然后他右手中宝剑一举,朝正前方挥兵直指!

"来了!"

眼见小言这拨人就要冲来,一直严阵以待的南海龙军兴奋中又带有些紧张。虽然,以军师龙灵的神机妙算,此际无论谁来,都只能是以卵击石,但这会儿忽然有不少人认出对面一马当先的神甲小将正是传说中的张小言,顿时便有些不自在起来。

不少人,包括几位久经战阵的神将,想起张小言之前种种匪夷所思的战绩,便忽然觉得身上筋骨有些不得劲,一股寒气蹿上后脊梁,十分别扭异样。

不管怎样,该来的还是要来。正在守株待兔的精锐龙军,瞬间全都攥紧了手中利器,那些辅助攻击的法师术士,各种凶险的法术也蓄势待发,只等送死的四渎水军冲到合适方位。

谁知,出乎这边所有人意料,那支狂呼乱喝奋不顾身的敢死队伍稍稍冲近,还没等自己这边动手却忽然转了方向,在为首少年带领下竟朝北面军阵稀薄处急转而去。

刚开始时,南海龙军还以为他们要从北翼薄弱处攻击突破,谁知眨眼之后,那支刚刚还异常凶猛的敌军稍一接触即走,毫无恋战之意,只从侧面一窝蜂般地杀开一条血路,便冲进浅滩海水中朝远方奔去!

到了这时,所有布阵的龙军精锐才明白,那个威名赫赫的太华神子带领的突击部伍,竟根本没存什么破坏军师作法的念头。才一开打,便只是专心想逃!

想通这点,哭笑不得的龙军战阵迅速朝北面四渎水军逃跑的方向追击,意图将他们一举消灭!

认真说起来,虽然北翼并非孟章大营所在,军力相对稀疏,但毕竟紧靠九井洲,沿路的浅滩海水中又怎会不军卒密布?

只是,小言这支骑军果然个个精悍。要说从千军万马中杀到龙灵子近前将法阵毁掉,确实绝无可能,但如果下定决心只是想逃,则除非真有上百名高强的神将蓄谋已久,一齐出手,才能将他们阻住。像这样毫无组织的就地阻拦,根本挡他们不得。

因此,在小言、琼容、罔象、楚怀玉等人拼力施法砍杀之下,两三百人的骑军很快便冲出重围,泅入冰凉的海水中,拼命朝西边本阵方向退去。

这一路上,在小言指挥下从西北而出的他们,还拼命向南靠近,因为那边正是九夔虺喷吐奇光烈焰之处。小言看出,从九井洲倾巢而动的追兵,似乎也忌惮九夔虺的光焰,追击时并不敢如何向南迫近。

就这样,虽然这片海域上喊杀震天流光乱舞,但小言等人从南海龙军本阵杀进杀出,竟没遭受多少损伤便已跑出数十里地!

这时,那些正在三四百里外勉力抵挡九夔虺光焰、按云中君之命静观待变的四渎玄灵军阵,也看到了他们这支仓惶撤回的敢死队伍。当即千百条早已待命的战骑蛟龙如离弦利箭般射出,躲避着四处飞洒的流光电雨,朝对面急赶接应。

风声、浪声、梭镖利箭破风声、流光烈焰穿云声、威吓鼓劲叫战声，声声搅作一团，惊天动地；旗响、马嘶、人语、妖嚎、龙吟、蛟鸣，种种怪叫纠缠一起，将方圆百里的战场闹得沸反盈天。

似乎这场大战，从昨晚直打到现在才到高潮。不论其他，光震耳欲聋的声响气势，便比以往任何一场鏖战都要惊人。

在震天动地的厮杀鏖战声中，小言有些手忙脚乱。纵马护在众人之后，他一边要运起残存的太华道力，施展师门别名大光明盾的旭耀煊华诀，将清幽的光膜流布众人身后，抵御漫天飞来的神虺华焰、法术光流，一边还要飞剑如龙，斩杀任何方向袭来的敌军战卒。

"哈哈！"

正在他们边打边退之时，喧闹沸腾的海天中忽然回荡起一阵清亮无比的笑声，瞬间压过所有声息。

闻得大笑，小言一惊，循声一瞧，却见原作法驱虺的龙灵已和法阵一起转到西侧，正在九夔虺的半腰处朝这边大笑。

小言看得分明，纷乱战火中占尽上风的南海老军师长髯飘飘，傲骨英风，一边继续作法，一边在漫天流窜的烽火烟光中朝自己这边说道："张家小儿，怎的走得如此匆忙？不如留步，和老夫叙一叙旧谊。"

听得龙灵子之言，小言脚底跑得更快，口中却也运功回复："龙家老汉，多谢多谢！只是本将军已征战一天，肚中饥饿，还是先回去充饥，叙旧之事以后再谈。"

自他这一言答罢，双方叫骂声便轰然而起。不管对方听不听得清听不听得懂，双方所有闲着观战的士卒极尽嘲讽挖苦之能事，朝对面叫骂不停，一来发泄心中怨气，二来给己方正在战场埃心奔逐的将士鼓劲。

小言在乱军之中，回头朝西望望，不禁心中暗喜："快了！再挺一阵子就能和援军会合了！"

刚才这一阵汗流浃背的且战且退，不知不觉已逃出上百里，回头望望渐渐能看清那些援军的脸了。小言心中欣喜，看看基本没什么危险了，便也转过身去，和部众们一起专心朝西退去。照这速度，估计不过半刻工夫，他们便会遇上援军的锋头。

只是，经历了长时间艰苦鏖战已有些晕头转向的上清宫四海堂堂主，加速撤退之时，却渐渐觉得周围的风声有点不对劲起来。

"咦？怎么那声息变小了？"

断后奔跑之中，小言忽然发现，原本乱成一锅粥的苍茫大海，不知怎么竟在自己耳边渐渐平息下来。喧声震天的海天战场，渐渐地竟只听得见风声水声。

"这是怎么了？"

随着海天渐渐静谧下来，前面那些奋力奔跑的部属，居然也渐渐放慢了速度。队伍中越来越多的妖兵水灵，在如此紧急之时竟开始驻足，回过头来专心朝自己的头顶后方观瞧，也不知在看什么东西。

"不要命了吗！"

小言被他们带慢速度，心中抱怨一句，却也情知有异，便跟着军伍一起停下。这一停，随眼朝左右一看，他却大吃一惊！

原来，不知何时，一直跟在他身边飞跑的琼容竟踪迹皆无！

"难道刚才匆忙，失陷后方了？！"

小言额头冷汗涔涔，不顾仪态，赶紧朝四下大声呼唤寻找："琼容！琼容！"

刚喊了两声，忽有发愣的部属朝他身后指指，示意他看看身后。

"嗯?!"

小言赶紧转身朝后看,却见海面一片黑茫茫,不见琼容踪迹,刚才追追甚急的南海水军此时也都渐渐停了水迹浪踪,一起如呆头鹅般朝他们身后东边观看。

"琼容……"

朝东方一望,小言立即发现了小姑娘的踪迹。黑空中看得分明,不谙世事、事事跟随的琼容,身畔正带着两团烈烈飞舞的朱雀光火,竟就在那怪兽身上!

"琼容……什么时候去那儿啦?她要干吗?!快回来!"

小言冷汗淋漓,张口欲呼,却又不知会不会惊动那凶恶怪兽,只张了张嘴,又停住。

这时候,他着急,对面南海水军却也是面面相觑,一时忘了攻击。所有人抬头望着东边云端方向,视线紧紧盯着已到了九夔虺脖上的小姑娘。这时所有人耳边渐渐地只听得见风声浪声,云边偶尔还有看呆的蛟龙鹰隼忘了飞腾,掉坠云空,在半空中费得一番翻滚挣扎。

琼容飞鸟一样的身姿,转眼就到了九夔虺的颈项,天真烂漫的小姑娘一边在九夔虺身上寻找着能够落足的纹路,一边还在樱桃小口中念念有词:"道可道,沿着跑!"

活学活用着往日小言教授背诵的道家经典,粉妆玉琢的小女孩眨眼就已来到九夔虺头顶。

说来也奇,相对这巨兽,琼容便如一粒微尘,但在她踩踏之时,脚下这通天彻地、不可一世的远古异兽却似承受了巨大的压力,一时竟忘了继续向身前那些微小的生灵喷洒郁积的灵火。

"到了!"

巨兽头顶太过宽阔，宽阔得如同自己门派的飞云顶。琼容又费了好些劲，借了一只火鸟之力，才翩然飞近云边那颗滴溜溜放光的橙红"圆果子"。

"不可！"

到得这时，便连傻瓜也知道倏然攀登的小姑娘是何用意。见她伸出胳臂，此刻已低低在下的龙灵一声惨呼，试图阻止。

当然，此时高高在上专心采摘的小姑娘，绝听不见底下那声撕心裂肺的呼喊，转眼之间，那颗小言等人想方设法都破坏不了的法阵之源，就被她握在了手心里。

"摘到了！"

摘到心目中的佳果，琼容嘻嘻笑着从九夔虺巨大的头颅上奔下，一溜烟地朝哥哥那边飞跑而去。

直到这时，那个刚刚同众人一样惊呆的九夔虺才如梦初醒，朝琼容飞离的方向，无意识地吐出口中蓄积的最后一口烈焰光火。

"哎呀！烧着了吗？"

划空而过的烈焰流光，仿佛送人远去的好风，在琼容身后一路延展。烽烟光气的前头，正是做成大事的小姑娘。她虽然担心着身后的裙裾，但掩盖不住一脸得意的欢笑，离哥哥越来越近。

"小言哥哥，给！"

就这样，采千百年日月菁华内外兼修、与龙灵性命相连的神异龙丹，被充满神秘色彩的小姑娘，轻巧自然地递给哥哥；受丹之人此时早已没了往日的精明机灵，脸色僵硬，只机械般接过小妹妹意外的赠礼。

"……琼容？真是琼容？这真是自己在荒山僻壤随便认来的异族小姑娘？"

对心智聪灵的小言来说，忽然之间，其他一切仿佛都不存在了，只有笑逐颜开的小姑娘成了唯一的关注点……

琼容见敬爱的兄长沉吟不语，便低了声音，歉然说道："哥哥，这红果子是有点儿小，不够哥哥半口的，可是哥哥饿了，琼容现在只能找到这颗，你先垫垫肚子，等回去再多吃……"

沧海雾浮，洪波渐起！

第二章

忆旧衫前，望极浦兮悟怀

以前无论什么时候，张小言也从没像现在这样脑海中一片空白过。琼容随手摘下九夔虺头顶那颗万众瞩目的丹丸，让他一派茫然。

"哥哥?"

眼见小言神情呆滞，作不得声，琼容着了急。小姑娘之前听小言跟龙灵子说自己肚子饿，便当了真，悄悄离队真跑去寻来一只果子，只望能缓解哥哥饥饿。可现在瞧哥哥的神情，显然对自己找来的果子并不满意。

觉出这点，琼容有些不好意思，便要再夸说这丹果滋味定然不错。谁知，就在这时，身后山崩地裂般一声巨响，随即人声沸腾而起，转眼便盖住了自己的声音!

盖住琼容话语的巨声，是九夔虺发出的。

这只远古遗存的无敌巨兽，忽被取走控神壮胆的龙丹，顿时如梦初醒。在这片海域中无敌的存在转头朝四外环顾，却发现遍海都是奇形怪状的怪物，顿时吃了惊吓，缩了缩脖子便赶紧朝身前海水中遁去。

九夔虺这样庞硕的身躯，稍一动弹便周转数十里，何况是吃惊下的举动。于是，九井洲西南忽然间便有如山崩，塞满云天的身子从黑云边塌下，朝冰冷海水中囫囵坍去。

九夔虺这么一来,正是出人意料,附近南海龙军顿时倒了霉。远古遗兽巨爪稍一划拉,立马有上百名龙卒丧命;庞大的尾巴从浅海中翘起朝两边摆一摆,便立即横扫千军。在一片鬼哭狼嚎般的惨叫声中,前后不过片刻工夫,依托九井洲的南海龙军竟遭到开战以来最惨重的损失!

等通天彻地的海兽离开战场回去颐养天年后,原本充实的海天战场便忽然显得格外空旷。

被九夔虺入水一搅闹,小言这时也缓过神来,顿时想通了刚才发生了何事。

脑筋重新活泛开,小言不由一丝苦笑,谁能想到千辛万苦费了那么多周折,损伤了那么多人手,也没能达到目的,最后却被小妹妹随手破掉了法阵。这事无论如何想来,都只觉十分诡异。

小言心说,若早知如此儿戏,还不如早些时摆出兄长威严,叫琼容把那龙丹摘来,哪还费得刚才那番要生要死的周折!

就在小言心中不知什么滋味之时,后边的援军也已赶到。四渎公主灵漪儿冲破从人拦阻,握着那只光华灿然的神月银弓站到小言身侧。这时对面南海追来的军卒却如呆如傻,在波涛中若往若返,和刚才小言茫然模样别无二致。在他们身后,痛心疾首的龙灵子脚下生风,转眼便已赶到他们附近。

"哈!"

见这样,清醒过来的小言手捧着那颗滴溜溜乱转的龙丹,运足了气力对近在咫尺的琼容叫道:"哈哈!多谢琼容。我果然感觉更饿了!"

众目睽睽下,小言说话时眼瞥着手中龙丹,正是一副垂涎欲滴模样。

"啊……"

见他这副饕餮神态，龙灵子满面皱纹都纠到一处，浑身颤抖如风中残叶。此时小言在他眼里，已如焦侥之地的恶魔。

到得这时，老成持重的龙灵子终于忍不住开了口："住口……"

位高权重的南海水臣，从打知事以来，从没有一次将"住口"说得这样有气无力过。当然，他也知道，即使自己把音量再提高十倍，对面那人也不会听他的话。

"哈！"正当龙灵子万念俱灰时，却忽听对面小言朗声大笑，隔着海浪烟涛朝自己这边叫道，"对面那龙家老汉，不须你提醒，你这丹丸我也不急着下口。这丹丸来历如此不凡，这吃法我还得带回去好好研究，至少得拿来下酒！"

"你！"见小言嬉皮笑脸说出这样的促狭话语，龙灵子惊骇之余，直气得浑身乱抖，只知手指对面，却一句话都说不出口！

不过小言却不管他，将龙丹小心揣入怀中。差点把南海重臣气死的四海堂堂主忽然正了正神色，一改刚才玩笑神态，如同换了个人，伫立潮头在海风中朗朗说道："龙灵前辈，刚才只不过是说笑。你这龙丹，能招凶兽，既蒙舍妹拿来，一时半刻我自不能还你。不过正如四渎老龙君在文檄中反复告说，我辈来南海，只为打倒倒行逆施的昏聩水侯，还南海清明，与他人无涉。您老人家只不过是盲从，晚辈不会跟您为难。这龙丹我先保管，只等义师克复南海，自然完璧奉还！"

"哈?!"听得这话，一直在阵后休养的孟章差点没把鼻子气歪。

只是阵前龙灵了闻言却是不语，手中风狸杖更是引而不发。看他垂头丧气的样子，应是丢失龙丹，失魂落魄了。

再说小言，借机宣传了一番，便不再多话，眼见着后方军阵如云赶来，前面海波又一马平川，他便当机立断，举剑振臂一呼："杀！"

真是军令如山，自他扬起瑶光神剑断然下令，身后千军万马便如离弦箭雨般从他身边越过，潮水般朝百里外的南海军卒呼啸拥去。

南海军卒被琼容、九夔虺刚才一搅闹，士气已低到极点，除了少数勇将悍卒，大多避刀畏剑，不等小言他们杀来便弃械朝四外海天中仓皇逃去。

这样千军万马的大鏖战，已绝非少数人力可以扭转。因此即使孟章心中千般不愿，到了这个地步也只好随大军一起落荒逃去。

争夺南海龙域第三门户的浩大战役，终以四渎玄灵一方大获全胜告终。

战场上的烽烟迷雾渐渐散去，攻上九井洲的将士才发现东方的天空已经泛白，原本凄迷混沌的海天尽头已有熹微的光辉浮现，望去波光粼粼，已是浸染了朝晖之色。

大约就在朝日初升时候，四渎的将士已将九井洲清理完毕，浩荡的军伍物资源源不断地运上这座南海龙宫的门户要地。

按云中君提议，当一直跟在小言身边的琼容踏上九井洲海滩时，预先铺排好的鼍鼓龙钟次第响起，四渎龙族轻易不得演奏的宏大军曲《龙王破阵乐》，为扭转战局的小姑娘庄重响起。

只是琼容自己在两边锦袍甲士阵列如林恭迎她之时，竟不明就里，依旧牵着小言衣角，只是好奇地东张西望，如同逛集。

这样懵懂，直到龙君近臣庚辰神君捧来四渎特制的功劳册，提笔在头功之下题写"张琼容"三字，小姑娘辨别出来，才觉得这事儿有些特别。

之后，按例让她在功劳册自己名字下按下手印，以供确认，却因她手指太过纤细，那个为寻常海神水灵准备的印窝太大，最后她攒起三根手指才勉强将印窝填满，让印窝闪过一道蓝光，这才功德圆满。

此后又有种种仪程，不过已与小言、琼容无关。因为刚才在大战中冲锋陷阵出生入死，这对兄妹被龙君下令，要他们回刚刚准备好的营帐休憩，恢复元气。

只说小言、琼容二人。那些四渎仆从将他们诸般生活物事铺摆整齐，鱼贯退出后，这兄妹俩却在各自的营帐中无论如何都睡不着。

刚刚经历大战，虽然当时或有困倦，但等战事一完反而兴奋起来。于是，从营帐中溜达出来的小言刚出门，便遇上了从旁边小营帐中偷溜出来的琼容。

"哥哥也出来散步？"

琼容碰上小言，却怕他逼自己回去睡觉。只不过这回她却是多虑了。

"是啊，琼容。"小言和蔼答话，"哥睡不着，就出来逛逛。琼容你也睡不着？"

"是啊！"琼容顿时把心放下，飞快回答。

"那好。我们一起到那边石头上坐会儿，哥哥有话要问你。"

"好啊！"

听小言说要跟她说话，琼容满心欢喜，赶紧跑到海边那块平滑的岩石上坐好，又拿手在身旁石上擦了擦，只等哥哥到来。

"是这样。"

出乎琼容意料，平时亲切的堂主哥哥，这时却一脸严肃，到了自己面前也没坐下，只是站在眼前跟自己认真说话。

说了一句，小言停了一下，似是理了理思绪，才郑重其事地问话："妹妹，我有个问题想问你。"

"好啊，哥哥想问什么？"

和小言在一起，琼容总是轻松愉快，灿烂的笑容和午前明亮的阳光一起填满了她的酒窝面颊。

"嗯。"小言问道，"琼容你能不能告诉我，在你认识我之前，在罗阳小镇的山野中,到底有过什么经历?你……父母是谁?"

目睹过小女孩许多离奇事迹,这问题小言早就憋在心里。现在他越发觉得,琼容出身绝不会平淡无奇。那罗阳是何地?虽然竹林遍野清气充盈,却绝不可能孕育出这等神物!

心中这般思忖,小言等待着眼前小姑娘回答。

只是,小言这问题一出口,一向心直口快对他知无不言的小姑娘却忽然怔住,过得许久,还不回答。两人之间,忽然只听得见海浪阵阵冲上沙滩的声音。

"咦?琼容这是怎么了?"小言并不知道,此时琼容心中已如同翻起滔天巨浪!

"这一天……还是躲不掉啊……"

琼容眼眸中莹莹闪动,似乎泛起点点泪光,仰着脸看了看敬爱的哥哥一眼,她忽然从坐着的礁石上跳下,一言不发,扭身朝自己营帐方向跑去。

"呃?琼容这是干吗?"

见琼容这样的举动,小言好生不解。

"莫非她有什么证明身世的物件,要回帐拿来给我看?"

望着琼容的背影消失在营帐门帘后,小言心中一阵胡思乱想。

正思忖要不要过去看看时,忽见突然跑掉的小姑娘又在帐门前出现,手里多了什么物件,正朝这边慢慢走来。见她出来,小言在眼前手搭凉棚,避过正午前刺眼的阳光,这才看清琼容手捧着的物事,正是一只小小的包袱。

琼容手中这只包袱,小言自然十分熟悉,正是他们出门在外时琼容专门的小行囊。

"她这是做什么?是不是身世物证,正在行囊中?"

正猜测时,琼容已挨到近前,出乎小言意料,她并没向自己展开包裹指点物证,只是一脸严肃,机械地说道:"哥哥,我走了……"

说罢,转身似是真要离去。

琼容这一举动,正是出乎小言意料,小言见了不禁大吃一惊。只是惊愣的工夫,琼容已经转过身去,正踟蹰着想要向前迈步。

"妹妹你这是做什么?"

见此情形小言顿时急了,猛跨过两步拦在琼容面前,想将她拦住。只是,刚刚转到前面,看清琼容脸上神情,他却忽然怔住。

粉雕玉琢的小姑娘刚才强自镇定的面颊上此刻已泪流满面。晶莹的泪水如断了线的珍珠从迷蒙的眼眸中扑簌簌落下,在粉鼻两旁流成两道泪瀑。

"琼容? 你这是……"

见她突然哭泣,小言不明所以,一时手足无措。

见他惶恐,流泪的小姑娘于泪光中勉强挤出一丝笑颜,说道:"哥哥……不要为琼容担心。琼容早知道,总有一天哥哥会嫌弃琼容出身的……可是……"

在几分强挤出的笑颜中,泪流满面的小姑娘颤抖着声音,有些惆怅地说道:"可是琼容还是忍不住哭了……本来已经想好了,在哥哥嫌弃时一定不哭,离开时不让哥哥见到丑样子,可是琼容……"

说到此处时,琼容已泣不成声!

"呃……"

听到这里,小言才终于明白眼前发生了啥事。

"这小丫头,小小年纪却想得这么多!"

想通关窍,小言正待出言安慰,却忽听远处一声惊呼:"琼容妹妹? 你怎么哭了?!"

话音未落,一个身影已如旋风般来到眼前,小言定睛一看,正是龙女灵漪儿。

"灵漪儿你来得正好,你帮我——"

"这是怎么回事?"

见喜爱的小妹妹哭得无比伤心,爱心满怀的灵漪儿心痛不已,急忙跟小言询问。

听了小言的解释,加上琼容抽抽噎噎的补充,灵漪儿大抵明白发生了什么事。得知经过,爱憎分明的四渎公主顿时如护雏的母鸡,一把将哭泣的小妹妹护在身后,舞着胳臂,要将胡乱逗引小妹妹的可恶兄长赶走。

"哼!小言你这是少见多怪。"只听灵漪儿不满地数落,"为什么琼容小妹就不能有天大的本事?"

"是呀是呀!"本来哭得伤心的琼容,这时也从灵漪儿身后探出头来,带着哭音帮腔。

之后灵漪儿这个四渎公主便作了总结:"小言!你啊,真是'下雨天没事打孩子玩'!"

"这……呵!"

虽然往日小言在尊贵的龙女面前一贯理直气壮,但此刻惹得琼容悲啼,正觉理亏,便只好不置一词,只是呵呵傻笑。

不过,出乎他意料,这场在他看来不大的风波,到此时却还没结束。刚才见琼容探出脑袋说话,无论他还是灵漪儿都觉得小妹妹心情应该好了不少,谁知等他使了个眼色,让灵漪儿掰过琼容身子一看,却见小姑娘眼泪哗哗而下,却比先前哭得更急!

在灵漪儿好言追问下,琼容才好不容易说清楚,原来她这样大哭,是因为刚才突然想到自己离开哥哥后,拿一根树枝挑着自己的包裹,一个人走在秋风落叶荒郊野外的情景。

她这么一联想便啼哭不止，害得小言又多挨了灵漪儿一阵数落。

只不过被灵漪儿数落时，小言心中仍有些奇怪，只觉得琼容现在和以前相比，情绪不是很稳定。恐怕，还是因为她小小年纪却要经历这样紧张的战争吧。

过了一会儿，经灵漪儿一番好哄，不知不觉中琼容已经止住哭声。等她飞跑回帐篷放下刚包好的行囊包裹，再次回到小言、灵漪儿二人身边时，日头已行到正头顶。

这时他们身外茫茫大海上风浪初兴，波澜翻涌，深不可测的大海扬涛激浪，汹涌滂沛，撞在他们身前不远处犬牙交错的礁岩丛中，腾起四五丈高的浪花，在正午阳光的照射下如烟花般飞散。

起大风了。

在风暴般飙卷的海潮面前，小言透过层层的雪浪烟涛朝东南龙域方向望去，心中却没来由地升起一种古怪的感觉！

第三章
雨荡云飞，疑荷香之入衣

小言他们所处的沙滩颇为僻静，正是云中君想让他们兄妹二人好好休息，才在这样清幽之处安排了帐篷。因此，他们身边这片蜿蜒数里的海洲沙滩上，除了他们几个，再无他人。

当日头行到天心正中，琼容终于破涕为笑时，海滩上便刮起南海特有的季风。

浩浩荡荡的海风从东南吹来，在海面卷起千堆浪雪。层层的雪浪烟涛从远方涌近，奔到近海时已像冲锋的千军万马，气势汹汹，带着轰轰雷鸣，掠过低矮的礁岩，撞上高峻的巨石，在晴空下扬起数十丈的雪白水瀑，摔到小言近前时已如同下起暴雨。

在这场突如其来的小小海啸中，小言身边的两个女孩却毫不惊慌。灵漪儿本就是水族儿女，在雨浪齐来的情景中如鱼得水，被熟悉的海水味道一淋，她龙族的天性迸发出来，当即欢欣鼓舞，飘然离地，到凶猛的巨浪中穿梭了几回。

琼容见海面起风更是高兴！巨浪袭来时一般人唯恐避之不及，她却顶着风波蹒跚了几步，坐到某处浅滩，每当大潮涌来时，小巧玲珑的身子便被推回原处。在浪峰一路滑行,琼容就如飞翔的小鸟,乐此不疲,好不欢欣!

只是,有些反常的是,灵漪儿与琼容嬉戏,小言却兴致缺缺,反倒一个人坐在原地,面对着奔涌的浪涛怔怔出神。

阳光遍洒的明媚蓝天下,磅礴的巨浪,狂暴的风雨,这样奇特的景象仿佛惊醒了他某段尘封的记忆。当冰冷的海水兜头盖脸浇下时,他对心中几月来那个若隐若现的模糊记忆忽有所悟,变得有些不安和踌躇起来。

"小言,你怎么了?"

几乎同时,灵漪儿和琼容一齐发现了他的异样,便停了嬉闹,来到他身边关心问话。

"这……"

目睹二人关注的神色,小言更加踌躇,也不知自己该不该说,或是该怎么说。就这样沉默了一会儿,最后他才下定决心,小心地组织着自己的措辞,告诉灵漪儿与琼容:"其实,也没什么。只是刚才突然想起半年多前做过的一个梦。"

"啊?哥哥也做怪梦?"琼容闻言情不自禁地惊讶。

"是啊。琼容你说得没错,我这梦是有些怪。我梦见自己流落到一片狂风大浪中,还遇见一个女子。"

"那你记得她是谁吗?"灵漪儿关切地问。

"不记得了……"小言遗憾地道。

"那这就真是梦了,正常。"灵漪儿道。

"噢,对啊。"小言点点头,也就不再说话。

这样的对话,在整个波澜壮阔的南海大战中,只能算微不足道的小事。

讨伐南海的战争就像部滚滚向前的战车,一旦启动便不能停止。攻下九井洲不久,四渎玄灵的兵锋便直指东南的惊澜、乱流二洲,直逼南海龙域门户要地。

惊澜洲、乱流洲处在南海龙宫大门神怒群岛西北八百里处,地理位置十分重要。八百里的距离,对于推波蹈浪的妖神水灵而言,快些行军只不过是半天的路程。因此在这样的大战中,一旦两洲被攻取,南海龙域便只剩下神怒群礁最后一道屏障。若真是那样,以前实力强大的南海龙族,基本算是门户洞开,走到穷途末路了。

正因这样,南海按照先前策略将兵力收缩在神怒群岛一带的同时,也派出重兵协防惊澜、乱流二洲。甚至,孟章还不惜削弱鬼灵渊的防御,忍痛割爱般调来原本防守鬼灵渊的龙神八部将之一的飞廉神,令他驱使麾下五百风生兽,在惊澜、乱流二洲之间往来巡防,协助两位巨灵洲主乌号、防炎抵御四渎。

南海下得这番血本,其后四渎玄灵的攻伐自然费了好一番气力。在黄河水神冰夷、玄灵妖神坤象统领下,三十多路四渎水族、十来个玄灵妖族兵合一处,在十二月底到一月初的十来天里,于惊澜、乱流洲外方圆数百里的广阔海域内艰苦厮杀,直打到一月中旬才将在两洲负隅顽抗的南海军卒彻底消除。

而这期间,南海眼见战局不利,难以抵挡,准备保存实力以图在神怒群岛的最后决战中一战定胜负,否则从神怒群岛发来的援兵将不绝如缕,攻克惊澜、乱流二洲的战役时间还会拖得更长。

不管怎样,这场血战迁延半月,前后死伤的士卒无数,可歌可泣者自然甚多,这里并不一一赘述。此处可以一提的是,孟章特地调来、勇名威慑南海数百年的飞廉神和风生兽,在这场战役中宣告彻底覆灭。

飞廉神和先前的九嬰魖一样,是天地间到此时仍遗留世上的少数上古异种之一。

飞廉神雀首、鹿身、牛角、豹纹、蛇尾,不知在几千年前肉身成神,便浪荡于南海风波,来去如风。飞廉神性情残暴,惯以攫取海洲土族婴孩为食,南海生灵多受其荼毒。后来孟章将其收服,特地赏他八个岛屿,名为"飞廉猎屿",专供其饮食。

飞廉神这样残暴的劣行,自然人神共愤,但在其归附孟章之前一直无人能治。有这样的局面,一方面是因为他自己神力出奇,另一个原因则是他手下又有五百风生兽。

据典章记载,飞廉神麾下的风生兽,不知在上古何时收服,色青,虎爪,豹身,头若狸。虽然风生兽战力不俗,但放在大陆妖族间也并不出奇。它们之所以能在南海横行无忌,只是因为风生兽有一样奇异特性,便是如果它被打死,只要旁人将其嘴巴掰开对着风口让其受得几分风息,其便"须臾而起",复又生龙活虎。如此一来,敌对之人怎么也奈何它们不得。

只是,这样类似永生的奇异凶灵,最后仍是在四渎攻克乱流洲一役中全被消灭!

为反击南海,胸有丘壑的四渎雄主云中君,早就对风生兽做了仔细了解,对其特性了然于心。这回听说飞廉神和风生兽参与厮杀,他便召来孙女灵漪儿座下的四神女之一静浪女神银霜仙姬作法。

当巧计诱得飞廉神率部脱离主力大军独立厮杀时,专擅平风静浪的银霜仙姬便悄然施法,让整个鏖战的海域忽然变得风平浪静,方圆数十里内不闻一丝风息,就如同忽然掉进密室一样。

说不得,在这样如同窒息的战场中,那些被重兵围攻的风生兽被打死之后,过了复活时辰仍得不到风力返生,最后便都真正闭气而死。

当风生兽全部覆没时,往昔凶暴无比的飞廉神见势不妙,还待投降,却不知四渎云中君早下了严令,说是即使世上所有人都可以宽恕,他这样不知啖食多少种族后代的恶灵也只能格杀勿论,绝不受降。于是,为恶千载、跟着孟章作威作福的飞廉神,终于迎来自己的末日,被四渎龙军当场击毙,死于乱刃之下。

这场大战和攻克九井洲之役相比,同样轰轰烈烈,但这回张小言没有参与。一来,他在九井洲一役中和孟章对决,颇伤元气,需要一段时间静养。二来云中君听得四渎安插在南海内部的细作回报,说是大败的南海水侯痛定思痛,更加坚信小言义妹张琼容乃是决定战局气运走向的关键。据报,连吃几场败仗的南海水侯孤注一掷,已用自己南海之主的身份严令闲散的冥雨公子再接再厉,务必将小言义妹说动。如若言语不能说动,就按其密令,让法力和他不相上下的冥雨乡主将琼容就地击毙。

战事发展到今日,无论孟章积威多重,又或是鬼灵渊神之田中万神之王的传说多么动人神奇,南海上下已现出众叛亲离的端倪。

除了早已倒戈的银光、流花二洲,以及神牧、神树两个群岛,现在孟章内部的嫡系重臣也是人心思变,心眼活动得越来越多。云中君先前发布的种种言论,正在被他们渐渐接受。对那个一直被描述得邪恶无比的恶神少年张小言,也渐渐有了正面的评述。

在这样的情形下,原本铁板一块很难安插细作的南海龙域里,便渐渐多了许多内应。比如,这回云中君跟小言转达的有关骏台要害琼容的消息,便是综合了多个消息来源作出的总结。无论大体还是细节,全都活灵活现,宛若亲见。

因此,连见多识广的云中君也确认这条消息属实后,小言便不再带琼容冲锋陷阵,而是在后方重兵保护的营帐中深居简出。

这段大战中奇特的隐居生涯,开始时小言也的确按云中君的建议行事,和琼容两个待在重重保护中,大门不出二门不迈,一边炼神化虚积蓄道力,一边教琼容读书写字,补上近来因打仗落下的功课。

　　只是,这样规规矩矩地待了七八天,这一天小言终于坐不住了,觉得这绝不是长久之计。要保证琼容安全,还得从源头上将危险消除。因此,利用这几天闭门的清闲时间,他便开始仔细算计起那个虎视眈眈的雨师骏台来,试图找出化解之法。

　　说起来,出身乡野后来又在市井中滚打了近十年的少年,心思果然活络。前后不过四五天工夫,他便结合自己的经历想出一招自认为不错的妙计。

　　冥思苦想出的计策还是保持了他一贯的风格,不拘小节。虽然场景变换,由鄱阳湖变成了南海,要算计之人也从市井无赖变为海外仙家,但万变不离其宗,小言坚信天下算计人的法子其实也是相通的!

　　打定主意,小言并没有先问琼容,反正小丫头对他言听计从,绝不会反对。他第一个找的,便是那个常常来玩的四渎公主,跟她把自己的计划和盘托出。

　　四渎公主灵漪儿才听他一本正经地说完,便已忍不住扑哧一笑,忍俊不禁道:"小言!你真是愆赖,竟想出这样的歪招!"

　　不过怪归怪,既然小言求助,灵漪儿自然一口答应。说起来,她还一直为自己当年没赶上小言和小盈捉弄县官的好事耿耿于怀,现在听得小言相求,如何能不积极?

　　既已答应,灵漪儿不待逗留便起身告辞,急急小跑着回去练琴了。裙裾飘扬匆匆返回的路上,灵漪儿想起小言的计策,便一路掩嘴偷偷笑个不停。

　　正是:沉此芳钩,钓彼潜鱼!

　　如此之后,便是万事俱备只欠东风。只不过正要动手时,心思缜密的少年还是觉得计划不够保险,便又特地去了云中君大帐一趟,看能不能从云中君处借得一样物事。

毕竟,如果到时候他的计划能成功,被擒住的俘虏可非同小可,即使以他现在的法力,再加上灵漪儿、琼容帮忙,也不一定能完全保证不被他逃走!

第四章

当头棒喝，未期煮鹤焚琴

不提小言计议已定，自去暗中准备，再说那位害人寝食难安的雨师骏台。这位风姿翩翩的佳公子，自接到孟章严令，便加紧继续他的诱哄之计。其实即使孟章不说，琼容善笑善言的可爱模样早已让他刻骨铭心，他又怎会因为失败过一次便放弃。

况且，虽然失败过一回，但也积累了经验。当初为确定琼容位置，还得潜行窥伺，而经过上次一面之缘，特别遭了琼容出手攻击后，现在他要找出琼容位置，已是大为容易。

这几天里，通过他用心探察，已经非常清楚地掌握了琼容的行踪。这小妹妹先是在四渎新近攻下的九井洲待了几天，然后便移往神树群岛翠树云关，一直待到现在。

想来，虽然九井洲重兵屯集，但毕竟刚经过一场血战，差不多已成不毛之地，怎及得翡翠之海的芳洲如碧？自探知到琼容到了神树群岛一带，骏台便暗自欣喜，觉得好动的小姑娘到了风光秀美之地，自然会耐不住要出外游戏。

果然不出骏台所料，琼容才到神树群岛一两天，便已敢跑到群岛边缘活动。

再过得两三天，小姑娘活动范围渐渐加大，有时向北三四十里，有时向南二三十里，已经不似起初那样谨慎。见此情形，骏台心中暗喜，同时也强自压抑，告诫自己越是到了这样的紧要时刻，越要谨小慎微，切不可轻举妄动。

又耐心等待了两三天，这一天骏台发现，小姑娘早上出门之后，在神树群岛西北、西南周游了几回，将近中午时终于绕过星罗棋布的神树洲，朝东南跑开去。

在不到半个时辰里，琼容往来游走了几回，最终走出上百里地，离大军云聚的神树群岛越行越远。

这样的良机，骏台如何能错过？雨师公子当机立断，立即离了冥雨海乡直朝神树群岛海域疾行而去。

骏台决定蹑足诱擒琼容之时，正是天气晴和，海风和煦。碧蓝如洗的天空中，一轮丽日明耀万里，将苍茫的大海照耀得一览无余。

在和风细浪中翛然穿行，偶尔抬头朝四处望望，便见湛蓝的穹顶万里无云，在紧挨着大海波涛的边际，只有天水之间绵延着一圈银色的云翳，在骄阳的映照下闪闪发光，如同精美的玉器。

在晴朗的天气中远行，本应心情欢欣，只不过才欣欣然行出百里，儒雅非凡的雨师公子想到一些事情，便变得不那么开心了。

"唉，这战局……"

想起当前的形势，骏台便有些忧心忡忡："前几天听闻，连樊川樊将军也留下书信，挂冠离去了。难道这战局已溃败到如此地步？"

骏台深知九井洲主樊川的脾气，虽然性烈如火，为人却十分耿直忠正，即使前些年因小错惹恼了水侯孟章，被削去洲主之职，但看起来并无丝毫怨恨。这回南海战事吃紧,水侯遍召旧部来助,擅能布阵的樊将军不计前嫌,头一个回来帮忙。

只是,也不知他是否早已看透时局,前些天九井洲被破之后,留书一封,跟水侯道了个罪,便只身离去,不知所终了。

"唉。"骏台叹了口气,想道,"连这样粗莽之人也觉得事不可为,莫非主公此事真是不得人心?"

心中升起这个念头,一向从容柔雅的雨师公子也不由得有些烦躁,把手一扬,将身后那几只一直跟随飞舞鸣叫的白鸥随手打落,才敛了敛心神继续前进。

这样渡浪穿波,不到半个时辰骏台便到了神树群岛东南二百多里外的海域。渐渐接近神树群岛,他便更加小心,速度也放慢了下来。等靠近先前测算到的琼容所在之处,骏台便停下来,仔细侦寻琼容现在具体在何处。

只是,等到了近前,他却忽然发现那个小妹妹的行踪变得飘忽不定起来,瞻之在前,忽焉在后,反不像当初粗略测算时容易判定。

"唉,这琼容小妹还是那般贪玩!"

在神树群岛外翡翠海中团团转了几回,每次都扑空,如此几番之后,便连骏台这样艺高人胆大的不世仙客,也禁不住有些额角冒起汗来。

几番逡巡,骏台不知不觉便来到一片偏僻的海域。

这处海水的颜色颇为特异,既不是南海特有的幽蓝,也不似翠树云关水泊那样翠碧。方圆一二十里的海面呈现一种纯净的鲜蓝,比南边的幽蓝更青,比北面的翠绿更碧,犹如一块澄净透明的碧蓝宝石,嵌在南北两端截然不同的海水中,偶尔随着摇摆的风息向南北滑动,为两端蓝绿的海水调和出一种和谐的中间颜色。

这样轻蓝粉碧的海域,在南海中居住了几千年的雨师公子自然知道是何处。它的名字叫"放鹤洋",其中多有海鹤翩飞,相传是上古神树群岛中的神灵放养仙鹤之处。

认出已到放鹤洋,骏台心中不免犯了嘀咕:"奇怪,琼容姑娘怎么敢跑到这样偏僻之处? 刚才还在东南,现在已在翠树云关西面了。莫非,是她见此处海水清明,便特来潜泳?"

念及此处,他又用神力探寻,却忽然发现,刚才还忽隐忽现的琼容现在已消失无踪。这一下骏台着了忙,赶紧潜踪蹑足,开始在附近涛根浪底仔细搜寻。

就在这时,听觉灵敏的雨师公子忽然只听远处一声弦响。

"铮!"

随着这声调琴之音,忽如山林幽泉暗涌,一抹泠泠的琴音悠然而起,乘着细细的海风在骏台耳边流水般响起。

"这……"

忽闻琴音,骏台愣怔片刻,忽然呆住。

按理说,精研五律、谙晓八音的雨师公子,应该早已对天上人间的庸音俗律不屑一顾,但听得碧海烟涛中这一缕幽泉般的琴曲,他却忽然呆滞,整个人有如木雕泥塑,只晓得随着海波载沉载浮,浑忘了一切俗务。

"这是何样的琴声?"

曲如华而玉振,声若神而泉涌。清声一发,五音并举;素弦一奏,若凝风雨。初时纯一,渐而繁复,抟九音丽于空中,变千声响于海下;逸响发挥,幽然若绝,低回旖旎,顿挫抑扬;俄而复回,周旋去留,千变万态,不可繁举。

琴音柔雅之时,闻之若清风两袖,秀气满襟,飘飘然有凌云之意;到幽怀愤激之际,清音一变,婉弦掣曳,则流泉变成飞瀑,湍流走电,奔飞白虹,直教人心旌震荡,意动神摇!

在这样超绝天籁的曼妙琴声里，素来耽于声乐的雨师公子早已忘记一切，忘了兵戈，忘了征战，更忘了此行目的，只记得眼前无比神妙的音乐。

随着琴音，峰回路转，分波寻路，无意识般载沉载浮，随波逐去，不知不觉他已接近妙音响起之处。

觉琴声渐近，又浮沉了几里，直快到抚琴之人面前，神魂颠倒的冥雨公子这才想起睁眼看弄琴之人。

青天明日下，碧浪白云前，只见一位梳妆淡雅的妙丽仙子，右指徘徊，左手抑扬，正于丽日明空下凌波弄琴。

展目略瞧那位仙子，灵慧姝丽，容华绝世，靥似仙蕊灵葩，神如冰华玉仪，倚身侧蜷飞沫流涛间，只作素雅梳妆，一身柔蓝淡雪的宫装，微风动裾，羽佩陆离，乌亮的长发瀑布般随意流泻，又留几缕青丝随风在粉靥前悠悠飘飞。

这样容颜绝世、举世无双的仙子，静处时已然不可方物，何况现在还在抚琴，弹抹之间，愈添几分娇媚，正是"媚眼随羞合，丹唇逐笑分"，让早已览尽世间绝色的雨师公子不禁神飞天外，魂灵都似要随女子身前的浪花飞起！

除去其他不言，在音律面前雨师公子是何等人物？一个月前在千军万马之中，他犹能谈笑自如，施出那招霓雨天下脱身之时，还不忘留下东南一角，不用变徵之音，不坏羽调正宫音调。现在只对着这一人一琴，他自然更不可能糊涂。

因此，不论绝美琴师面前如何云飞浪涌，氤氲成雾，神目如电的雨师公子仍一眼看出，那把悬浮于水浪之中的蔚然古琴，正是传说中的神琴"落霞惊涛"！

"落霞惊涛，天墟琴也。"

传说这把天上的神琴是取峻岳凤栖之梧，斫其向阳之枝，镶以犀玉，藉

以翠绿,弦以昆仑之丝,徽以钟山之玉,历数年方制成。琴长七尺三寸二分,对应大地绕日二周天之数。其形纤秀修直,素质华纹,上有七弦,比之寻常的五弦琴又添少宫少商二音,从而声色变得更加丰富纷丽。

"落霞惊涛"之名,正是取此琴琴音有日暮落霞之轻之绮之丽,又有惊涛之重之烈之凝。

"瞒不过我的!"世所罕见的绝代名琴一经认出,耽乐成癖的雨师公子霎时直欲发狂,在心中狂呼,"原来这就是'落霞惊涛'!"

琴音已然妙绝,琴师更是神丽,谁又能想到还能有幸看见这样只存在于传说典籍中的绝世名琴!当即雨师公子便手舞足蹈,欣喜欲狂!

此时有如明花照水正临流抚琴的少女,却浑若不觉有人近前,依然顺从本心,素指如兰,在雪浪烟涛中将抒发内心的清音雅乐娓娓奏来。

在这串珠玉般的琴音中,雨师公子渐渐从乍睹名琴的惊喜中恢复过来,慢慢又融入天籁神音中去了。

随着幽然若雨的琴声,不知不觉骏台的眼角竟有些湿润。

妙响籁音,仿佛能深入内心,拂动心弦,让这位出神入圣已久的南海神灵,几百年间第一次回忆起自己的往昔。

悠然的琴音,似将他分解成了两千年前那颗亿万沧海中最初的水滴。不懂什么玄妙变化,不懂什么修炼长生,只晓得每日随白云浪潮悠游嬉戏,御清风行远路,拂白云而上天,对比现在的日子那才是真正的逍遥自在、无忧无虑。看现在,历经千百年的沧桑修炼,早已心比石坚。虽然能力通天,偶尔还仿效天真烂漫,可那是真的自己吗?

琴声如流水般不作停歇。

扪心自问的雨师神将来不及细细体味忧伤,便又被清幽的琴声带到种种美妙的幻境中去了。

清澜微湃,滴沥生响;白波跳沫,汹涌成音。带着海风水汽的琴声在骏台周围布下一个蔚蓝的世界,幽幽的蓝色水光里,他仿佛又成了千年前的自己,在一片涌动的水泡中附到一只海龟的尾巴上,随它摇头摆尾地朝顶上天光迸漏处悠然游去……

在这样返璞归真的时刻,蓝天白云下拂琴的明丽少女忽然抬头,仰望飞鸿,徐动宫商,轻拂羽角,发兰音而清唱:

> 援闰琴以变调兮,
>
> 奏情思之悠长;
>
> 按流徵以却转兮,
>
> 声窈妙而复扬;
>
> 忽凝思而徐想兮,
>
> 魂若君之在旁。

清歌纵横,参差于云际。一曲歌罢,如烟似幻的女子从雪浪烟涛中站起,亭亭玉立,隐媚含羞,望着骏台这边,伴着那缕袅袅不绝的琴音有如叹息般轻吟:

> 芳洲之草欲暮,
>
> 秋水之波不渡。
>
> 绝世独立兮,
>
> 报君子之一顾。

在嫣婉如春的吟诵声中,本就忘乎所以的骏台脑中忽然轰的一声巨响,直炸得他浑忘了身在何处。

物我两忘的雨师神将，忽觉悟通天地至理，直喜得他手舞足蹈："是的是的！灵根已固，自当振翼云霄双飞仙路。进则难退则易，神只栖风飚之表，形只逸岩泽之侧，无求于世专研音律，那样生活是何等惬意！到那时——"

且不说那时，这时冥雨乡主便已神荡天地之间，心无怵惕之警，更不知身前身后有没有什么危险。于是，他欢然大笑，手舞足蹈，整个身心全然放开、毫无警戒之际，冷不防已突生异变！

漫天的日光，如花的笑靥，蓦然间全部散去；亮丽的云浪，清明的海天，在眼前一齐熄灭！刹那间黑夜降临，又或是万丈黑渊前一脚踏空，骏台只觉眼前一片漆黑！

"不好！"雨师神心中一声狂呼，正要抗击，却忽觉一阵剧痛汹涌袭来，也不知什么部位，只知痛彻骨髓，让他坚强的心神顷刻涣散。

"这是什么?!"

在漫长岁月里，从没有一件法器能给他造成这样恐怖的痛楚。无边的黑暗中，雨师神惊恐地睁大双眼，却什么都看不见，只有那一贯灵敏的双耳听到有人在身后一声暴喝："哒！哪里来的？竟敢偷窥龙女弹琴唱曲！"

第五章

幡然醒悟，自有烟霞送迎

"唔……"

身堕黑怖，双目如瞽，心魂俱震，不知何处。

从来都是往来逍遥的雨师神将、冥雨乡主，这回却失手被俘。

不用说，擒他之人正是小言。

数日前，意图斩草除根的四海堂堂主定下计谋后便立即去找云中君，问问计策如何，顺便看看能不能借条四渎专捆犯人的刑具缚神筋。

等他到了大帐把想法跟云中君一说，云中君大为赞同，不仅送了他一捆缚神筋，还特地给了他一样四渎秘传的宝物——元灵锁。

元灵锁形同一团金色光影，中间有无数的金丝环转波动。听云中君说，无论什么神仙人物，只要被元灵锁拿住，再有通天的本事也逃脱不得。

只不过有些尴尬的是，虽然元灵锁威力强大，云中君得它之后却没用上几回。因为元灵锁虽能锁人元灵，却有一样致命缺陷，那便是只有被锁之人身心神魂俱都毫无戒备时，才能真正锁住元灵。

因此，元灵锁实际运用时便有些尴尬。对付普通人，用它太浪费；而那些真正强力的神人，无论如何嬉笑放任，也绝无一刻会真正毫无警戒。这样一来,名字吓人的元灵锁便高不成低不就,常年并没什么真正用处。

多年闲置后,元灵锁今天终于碰上一位不拘小节的人物。小言这诱敌之计,几乎就像是为这宝贝量身定做,以至于当时云中君一听便哑然失笑,立即记起这个闲置多年的宝物。

略去其中诸多细节筹划,再说小言。这日设计先请琼容玩了玩捉迷藏的游戏,将心怀不轨的神将引来,然后便由灵漪儿浪里弹琴,分散爱乐成痴的雨师神将注意力,他自己则如螳螂捕蝉的黄雀,肩扛着缚神筋手提着元灵锁,小心隐藏在水底浪隙伺机下手。

就这样算计了多时,灵漪儿倾力弹奏时酷好音律的白衣神将果然听得神魂颠倒。见此良机,眼疾手快的少年当即蹿过去甩出元灵锁,将神通广大的雨师神缉拿在水底。

虽然云中君先前曾跟他赌咒发誓,说只需用元灵锁一物便足以让骏台不能反抗,小言却还是有些不放心,见骏台跌倒赶紧又挥开坚韧无比的缚神筋,横一道竖一道地将骏台绑了个结结实实。

此后,等元灵锁起初闭人六识的效用过去后,被五花大绑的骏台双眼渐渐已能视物,便终于看清了偷袭之人的真面目。

"是你?!"虽然和预想中的一样,骏台看清后仍忍不住气急败坏。

"是我。"和他的恼怒相比,得手的小言却居高临下,袖着双手,一脸嬉笑着俯瞰他说道,"怎么,雨师公子没想到吗?"

"哼——"仰面八叉四脚朝天的雨师神将刚想反唇相讥,只见头顶的蓝天白云中忽伸进一个小脑袋,瞅了自己两眼后便急急跟旁边的少年指证:"是他是他!就是他上回想骗我!"

"嗯!我知道是他。这回他跑不了了!"

"无耻!卑鄙!"听小言兄妹俩一对一答,任骏台再好的涵养也不由得恼羞成怒。

　　到了这时节他还是不怪琼容，一腔怒火全朝小言发泄："好，好！张小言，听这几月来的传言，你也算是个人物！可是今日一见，你明里设局暗中下绊，这样的小人行径可是一方雄主所为？你可知道，大丈夫生天地间，无信而不立！"

　　见雨师神暴跳如雷，又拿大义责备自己，小言丝毫不介意，只哈哈一笑便毫不客气地接口反驳道："怎么？你觉得无信而不立？错了！你是只知其一不知其二。

　　"何况你今日所为便是大丈夫所为吗？你难道不知道你现在所躺之处离我们神树群岛大营有多远吗？我们请你来了吗？

　　"再说了，'非礼勿听，非礼勿视'，四渎公主在此地弹琴抒意，你如何敢偷听？还敢靠近她面前手足乱舞，莫非你另有图谋？"

　　"哈?!"骏台从没想到还有人能这般无赖，明明是自己被害，却说得好像理亏的还是他一样。

　　温文儒雅的雨师公子哪遇到过这样的人？当即气急攻心，张口结舌，一时竟忘了回击分辩。

　　正在这时，在他看不到的地方突然响起一个声音，嗓音清澈柔美，略含笑意说道："小言，你别这样损人家了。其实还好啊，这人听我琴歌入神，说明起码识货，应该不会坏到哪里去。"

　　"哈!"听公主说话，本来一脸不屑的小言忽然正了神色，在骏台眼前朝那个声音响起之处躬身行了个礼，然后转脸，双手如同抱物，虚空朝上一举，便将原本横躺的雨师公子一下子竖立了起来。此后骏台虽然依旧浑身无力，但毕竟不必再仰着跟他们说话。

　　等骏台"站起"，已变得一脸肃然的小言跟他正色说道："雨师公子，您的大名早已如雷贯耳，我心里也是真心钦佩。今日要使这从权手段，也是因为上回见您在万军丛中来去自由，任是多少兵马也羁縻不得。

"实话跟您说，今日留您也不是出于私仇，实是钦佩阁下为人，希望您能看清大势，舍暗投明，听了云中君之言弃了那野心勃勃之徒。

"神君您须知道，我等这回攻击南海，一来要向那做下恶事之人讨还血债，二来也是要扶正温文宽厚的伯玉为南海之主，还南海一个清明。你看——"

"不必说了！"小言刚刚说到这儿，却突然被骏台厉声打断。

骏台一脸愤怒，厉色说道："张小言，莫非你把我当成三岁小孩了？其他什么都好谈，要我背叛南海那是绝无可能！"

"这……雨师公子误会了，我不是要您背叛南海，而是——"

"说过不必说了！"雨师神将一声断喝，再次将小言话语打断，双目通红暴躁说道，"张小言！我也听说过你的名声。这回落在你手里是杀是剐任由君便，我骏台不想再跟你多言！"

"……你！"

听得骏台之言，四海堂堂主勃然变色，对他怒目而视。

这时，见他们两个大人剑拔弩张、怒目相向，一旁的琼容却觉得有些害怕，想劝又不知该如何说话，只好紧紧倚在灵漪儿姐姐身旁紧张地看着。

其实，小言见骏台宁死不屈，虽然脸上愤怒，实际却并不如何惊讶。紧绷面皮一阵，他忽又哈哈一笑，带着些戏谑问道："你真不怕死？"

"呃……"

见小言喜怒无常，这般正经时候还能笑得出来，骏台这样阅人无数的神人也有些哭笑不得。

暗道一声"无赖"，骏台定了定神才保持住愤怒的神色，沉声低低吟道：

"临威逼而不怖,岂恐吓而能拘。我骏台贵为一方神主,历经千劫,怎会惧这区区生死。"

停了停,他又叹了口气,悠然说道:"不知死,焉知生。"

"哈哈!"骏台话音未落,小言已是仰天大笑。

"好个不知死,焉知生!骏台啊骏台,我本以为你见识卓绝,今日一见不过如此。无名曰道,不死为仙,你若真死了,哪还能像现在这般逍遥自在!"

"哈!无知小儿!"骏台忘形被擒之后,到此时终于也大笑一声,仰面朝着天际的浮云慨然说道,"我骏台本是天地灵物,即使身死,英魂不灭。在世为仙灵,灭世为鬼主。检点平生事物,自信无愧天地,入得鬼界定还能转投西方昆仑圣境。

"到那时,有羽幢迎送,香花如雨,在昆仑轮转之台前跟王母公主禀过生平,便再世成圣成神,依旧逍遥天地间。如此你还能拿我怎样?你——"

洋洋说到此处,骏台瞧了小言一眼,却惊讶地发现此刻他脸上戏谑的笑意更浓。

"你为何发笑?"

"呵!为何发笑?我是笑你还不知谁才是真正无知之人!"小言一脸幸灾乐祸,嗤笑道,"骏台啊,你可知在南海做鬼,魂归何处?烛幽鬼域!不瞒你说,小弟不才,和鬼域之主有旧。鬼王尊我为主,鬼母呼我老爷,即使现在我不耐烦使奴唤婢,也还能叫得他们一声弟兄、弟妹!"

看着眼前开始额角冒汗的雨师神,小言继续恐吓:"当然,我相信以雨师公子之能,即使死于非命做了鬼,也有本事逃离烛幽鬼域管辖的南海鬼界。只不过有件事情我得说明,那得是你走运,不死在我手,否则,那……"

说着话他大喝一声,顿时头顶飘来一朵乌云,在他们这方海面投下一片阴影。

等阴霾罩定,小言叫道:"丁甲、乙藏何在?!"

话音未落,便从他手掌之间冒出一团黑雾,其中影像幢幢。不久之后,便有俩青色鬼影分离出来,身形恍惚,面目分明,龇着牙咧着嘴跟小言躬身一礼,口里咿咿呀呀说着旁人听不懂的鬼话。

这之后,也不知召它们出来的少年嘴角微动跟它们说了什么,突然间这俩恶鬼一齐回头,红炭一样的鬼眼死死盯着骏台,口中嘶嘶冒烟,张牙舞爪如欲攫人!

"嘿……骏台,莫非你现在还觉得能逃出我的手掌心?"

拜孟章所赐,小言现在在南海的名声并不太好,再被头顶乌云一罩,脸色被身旁鬼影一映,更显得狰狞恐怖。

借着这几分鬼气,小言恶狠狠地恐吓:"我说雨师神,我劝你莫想差了念头,否则连鬼都做不成!说什么魂归西方去找什么王母公主再世为神,那我问你,你知不知道南海得道的鬼灵投往西方须经何处?摇头?我告诉你,是烛幽鬼域不垢川净土滨前的转生之门!你这样和我作对,惹我生气,到你死后我就去雇俩清闲的恶鬼,天天守在净土滨前把门堵你,看你到时候如何去转生!"

小言这番话,虽没前面那些讲道理,但却比任何言语都管用。原本硬着头皮不准备屈服的雨师公子,额角早已汗水涔涔,不再那么趾高气扬目中无人,而是低头默默不语。

见如此,小言便知事情可能有转机。当即他便将二鬼收回司幽冥戒,散去乌云,在明丽的阳光中和颜悦色娓娓说话:"骏台,在下出身乡野,是粗人,不懂多少大道理,却也知道退一步海阔天空。

"依我浅见,君上与其今日丧命在我手,还不如顺从大道,离了孟章那野心之徒。雅奏天南,高音鲜和;四海名琴,非君谁赏?以阁下高才,若陷身兵火，玉石俱焚，实是天地憾事。公子又何必执着？圣人教化，言执惑有难，退必三乐，立宇宙中，逍遥天地间，与时显化，那是何等快乐！

"再者，以我如此愚钝之人观之，都知鬼灵渊中魔物悖天乱人，实为祸事。我不信以雨师之才，竟会看不出你的主公孟章想靠魔物施行野心，纯粹是与虎谋皮！"

雨师公子乃文学之士，小言正言劝慰时也优雅了言辞，这番推心置腹的话语说得温文典丽，颇为动人。

在他侃侃而谈之际，一直不服不忿的雨师神将才真正好好打量了他一回。传说中阴险邪恶的不法之徒，竟然也生得相貌堂堂。看年纪正当风华之年，英风朗烈，清俊不俗，虽然修长的身躯上只罩着一袭普通的青衫，却在这渐渐偏西的斜阳中显得俊伟非凡。

"怕是以前想错了！"

见如此，从来都特立独行的雨师神将叹息一声，终于缓和了神情，跟正在诚声劝说的少年开口："张公子，你此言差矣。"

"嗯？"

"那孟章已不是我的主公了。"

"呃？！"

忽听此言，小言一时还没转过弯来，却听骏台继续说道："张兄弟，你这些话这些道理，其实愚兄都懂。先前宁死不屈，也只是意气用事，不服为何竟会被你擒住。"

"哈哈！"

到这时，小言终于明白了骏台是何心意，暗中察看他颜色，不似作假，当即便也笑逐颜开，欣然跟他称兄道弟："那骏台兄，既要面子，为何现在又回心转意？"

"哈哈。"骏台一笑,毫不迟疑地说道,"其实无他,只是因为愚兄突然觉得还不想死。我想你也肯定知道,我骏台平生无他喜好,只耽于音律。若非如此,今日也不会堕你彀中。今日聆听过灵漪儿公主的绝代仙音,又如何再忍心弃世而去?相比仙乐,那颜面执念又算得了什么!"

听骏台说出这话,小言大喜过望,赞道:"公子果然为达人!"

说罢心念动处,缚神筋和元灵锁无风自落,转眼便已飞回小言手中。

小言是谨慎之人,现在放得这般轻易,只因本来便打算攻心为上,并不真要坏他性命。既然骏台现在亲口允诺,那即便今后再反悔,眼前也只能如此。当然,后来证明这样的担心确属多余。

从这一天起,骏台便明确表态,不再认孟章为南海之主,只愿奉大太子伯玉为主。而他这位法力通天的雨师神将,因为在音律上造诣惊人,又和小言几人有这段逸事,自南海大战后便渐渐声名鹊起,最后竟成了世间乐工供奉的乐神!

这些都是后话,暂不必提。再说骏台,在小言放他离去前又提出两点要求,说是如果这两个要求小言不答应,那他今日之诺便概不履行。

开始时,见他说话表情十分凝重,小言不知是何严重要求,还小心着声气请他明言,一问才知,原来骏台的要求之一,竟是请灵漪儿再弹一曲作为他倒戈的奖励!另一个条件,则是要求张小言学习音律,至少要精通一门乐器。因为他现在已经十分认可小言,便觉得自己认可之人,要是不精音律、不会乐器,那简直是天大的罪过!

等骏台郑重其事地说完这个条件,小言稍微一愣便哑然失笑,胸有成竹道:"哈,还以为是何难事,这等小小要求,今日便可一齐满足!"

"嗯?"听得小言之言,骏台全然摸不着头脑。

见他不解,小言也不多言,当即将缚神筋和元灵锁暂交给琼容保管,然后便取出那支随身携带的神雪玉笛，朝灵漪儿微一示意，二人便开始默契无比地合奏琴笛。

出神入化的笛歌，配上绝世无双的琴曲是何效果，这里不必细述，只知道听遍仙音凡曲的骏台公子听完之后，回去这般记录："拂千机于一弦，嘘万物于一气。腾霞入宙，天人无际！"

当最后一抹琴笛互相缭绕的余音袅袅散入天际，骏台再听周围海浪风涛之音时，却发现这些本该最和谐动听的自然之音，已变得嘈杂暗哑，不忍卒听。曲终人散之时，骏台只能捂着耳朵问询："此……何名？"

为减少噪音，他说话变得十分简明。

"曲名？这曲无名，不过是我和公主随心抒发，管弦互答……"

双手抱耳的雨师神却不信，只管一脸期待地盯着小言等待下文。见此情形，小言也只好随便编了一个名字，将耽音成癖之人应付过去："既在海天合奏，就叫'云水谣'吧……"

"谢……"

勉强挤出一个音节，心满意足的雨师公子双手合上耳边最后一丝缝隙，头也不回地直返天南雨乡而去。

一边回转，他心中还一边思忖："也许花上两三个月时间，每天用丝竹之乐细细养着，这听力便会恢复正常吧？"

因为封闭了全部听觉，他这时没听到，就在他身后，天真的小姑娘正指着他飘然而去的背影，跟哥哥请教成语："哥哥你看，他那样子，是不是就是'抱头鼠窜'？"

第六章
天真乐道，淡泊然其何求

　　小言几人完成这件大事后，自然十分开心，但无心逗留，便直往翠树云关而去。一路上小言走在最前，琼容其次，灵漪儿则在最后抱琴缓缓而行。

　　说起来，劝服骏台这事也花了许多工夫。早上朝阳初起时他们就出来了，等到现在返回时已是夕阳西下的时候。

　　从烟波中一路返回，小言看到海面渐渐升起一层层夜雾。白纱一样的雾气，被西边斜阳返影一照，便映出一道道淡丽的虹彩。这时白天原本低垂大海四周的白云，不知何时也渐渐弥漫集聚，铺满苍穹，映着西天海日明亮的光辉幻成一天浓烈的霞霓。像今晚这样绚烂的火烧云，即便在空气纯净的南海也不能经常看到。

　　归途中小言抬头朝天上四周看看，只见天空中浓云尽染，云团中央像烛火一样鲜烈通明，边缘则镶嵌灿烂的金边。陆离斑驳的云霞流满一天，就好像天宫神人的熔炉倾倒，将神炭炉火倾泻满天。

　　在这壮丽瑰玮的落日夕霞中凌波而回，偶尔回头望时，小言便见到灵漪儿正裹在夕阳之中，遍裳霞色，嫣然顾秀的身姿徐徐而行，虽然往日有时也古灵精怪，但身为龙族公主天生便有一股别样的庄静气质。凌波微步若往若还时,灵漪儿正掩住身后那轮光辉烂然的落日,千万条的霞晖丽彩只能从她身边绕过,在云霞乱色的天水之间画出一个绝美的轮廓。

夕阳西下,云鲜其色,正当小言眯着眼睛想看清灵漪儿脸上是什么神色时,一个不提防,脚下一个趔趄,竟差点失了御气凌波之术!

之后行色从容,他们沿着烟波霞路御气而行,不到半个时辰就回到了神树群岛。到了岛上大营,见天色已晚,小言也不急着去九井洲跟云中君禀报,只跟现今镇守神树诸岛的淮河水神涟邪说明了今天的情形,再请他着人去跟云中君禀报状况。

几月来的战况早已让淮河水神对小言敬重有加,现在听说他大功告成,自然满口称赞。不过,目睹过先前几次战况,他现在对小言办成这件大事倒也不觉得如何惊异。

略去中间种种琐碎事务,到了这晚,小言感念灵漪儿出了大力,便自告奋勇亲自下厨,在为灵漪儿专设的公主小灶上忙忙碌碌,要为她做几个菜表示谢意。

烹饪之事,小言虽然并没亲学,但往日在饶州茶楼酒肆中打杂,耳濡目染也大致知道怎么回事;后来在千鸟崖上,虽然一贯由雪宜打理厨中之事,但闲得无聊时也偶尔搭手帮忙。因此,现在有丰富的食材摆在面前,小言回忆回忆鄱阳湖水中居的白芦蒸鲥鱼,或是望湖楼的清淡小菜,一番忙碌后做出几个菜,盛在白瓷盘中倒也像模像样。

当然,这会儿鲥鱼变成了海鲜,苔菜代替了白芦。虽然材料各异,但因为四渎为灵漪儿所供食材十分新鲜,做出来一样清香扑鼻,而且别有一番风味。

忙活了半天,终于整齐一桌菜,端上桌,便招呼灵漪儿、琼容一起来吃。

开吃之后,除了时常提醒琼容不要吃得太快,要细嚼慢咽外,小言眼角的余光也常常留意灵漪儿的反应。

谁知,无论他怎么凝神偷看,灵漪儿只是不置可否。整个用膳过程只是低头不语,默默夹菜,静静吃饭,除了脸上映着烛光有些红晕,双眸中眼波盈盈外,其他竟看不出任何异常。

见她真的"食不语",小言便觉得自己这顿晚饭大抵失败了。这样思忖着,他便自始至终都没敢问灵漪儿他厨艺怎样。他却不知,细细咀嚼的灵漪儿,其实心下竟是十分感动。

不过,灵漪儿感动之余,心中不免生出争强之意:"呀,小言厨艺如此之好,我却只懂烹些羹肴。我以后还得多多研习烹调!绝不能输给他。"

用完这顿看似寻常的晚饭,小言便带着琼容去岛上的湖湾净面,灵漪儿则赶回自己寝帐更衣打扮。

待灵漪儿再出来时,已是夜色深沉,星斗满天。等她缓步徐行,来到先前约定的绿树环抱的水湖边时,发现除小言、琼容之外,还有道门弟子在。熟悉的声音随风朗朗而来,正是小言在那里高谈阔论。

未到近前,灵漪儿驻步,想听听小言在说什么。听了一回,发现原来他正在讲解炼神化虚之术。在小言周围,都是一脸期待的道门弟子,灵漪儿依稀辨认了一下,自己知道姓名的那几位上清宫弟子都在。

这时灵漪儿才想起,这些人间道门各门各派的弟子,虽然皆为各自门中的英杰翘楚,但数十日的争战表明,他们现在并不适应那样大规模的妖神争斗,因此被云中君分派来相对平静的神树群岛帮忙防守。

听了一阵子,见小言竭力讲解完,星光中灵漪儿发现,那些道门弟子一脸懵懂,并不似有什么领悟的模样。

又过了一小会儿,才见那位名叫华飘尘的上清宫弟子打破沉默,有些郁闷地说道:"唉,听过张堂主几次论道,即使以我粗浅修行也知堂主并无藏私，向来竭力讲解，可是这神术精深细微之处，却无论如何都辨想不懂。唉……"

长叹了一声，这位上清宫翘楚瞬即又恢复了神采出尘的模样，朗然说道："道法自然，道法自然！今日终于真正明白这是什么含义了。众妙之门，玄之又玄，自然就是这样，我等不能通悟又有何可叹！"

此言一出，其他人纷纷附和。

这之后，他们又开始好奇地询问琼容，请教她如何能在千军万马之中，独自一人奔上远古凶兽头顶摘下驱兽的丹丸。

听得终于有人跟她说话，还向她请教，小姑娘高兴之余，便知无不言倾囊相授："当时啊，我也没想那么多。只是听堂主哥哥跟那老爷爷说，因为肚子饿了要着急回去。琼容听了也急了，想给哥哥找点吃的。可是当时只有那头大兽头顶有吃的，便去了。也许，这就是堂主哥哥常教的'做事要一心一意'吧？"

用最庄重的口气把所有道理讲完，琼容转着小脸环顾四周，想看看反应，却见那些大哥哥大姐姐一脸木然，只呆呆地看着她，好像并没有听明白她的话。

"没听懂吗……"

见这样，琼容正想补充两句，有一位年纪稍长的道人回过神来，不死心地问道："那张姑娘，当时那只九夔虺凶猛非常，难道你就一点都不害怕吗？"

"不怕！"这问题一点都不难，琼容斩钉截铁地回答。

"为什么？"

"因为我手里的火鸟刀能冒火啊！山里的野兽都是怕火的，我想海里的也是这样吧！"

"这……"

此言一出，不仅众人无语，便连隐在远处的灵漪儿，也忍不住被小姑娘这自作聪明的话语逗乐了。

灵漪儿轻轻一笑，立即被小言听到。小言当即向她遥遥招手，示意快过去。

等灵漪儿飘飘过去，盈盈坐到碧湖之畔的绿茵地上时，那弯弦月也移到了中天。

现在已是一月下旬，和北方中土大地相反，这远在天南的南海海洲仍是十分闷热，就好像夏天一样。虽然树木繁茂的神树群岛已经比别处清凉很多，但入夜之后也只有在这水光涵澹的清湖之畔才能感受到一丝透骨的凉意。

等灵漪儿加入之后，湖水边乘凉的众人慑于她的身份和容光，一时沉默下来，似乎连大气都不敢喘。

见众人这样，还是小言打破沉默，找个话头，跟大伙儿讲起白天收服敌将的事情来。他一番眉飞色舞、声情并茂的演讲，众人听得如痴如醉。不知是否他说得太过精彩，以至于最后好几位道门弟子壮着胆子，出言恳求灵漪儿公主再抚琴一曲。

见众意拳拳，特别是小言也帮着开口求告，灵漪儿便不再矜持，伸手一招，凭空取来她那把落霞惊涛，在碧湖之畔芳草之茵，对着星光下平静的湖水为众人抚琴一曲。

白日在骄阳飞浪之间，灵漪儿犹能从容弹度，现在心平气和，静夜如水，再弹拨起悠悠淙淙的琴弦自然更加幽静清绝。

古琴之前，灵漪儿特地新换的罗纨绡縠洁白如雪，素手轻挥，稍一弹拂，便裾生秋兰之气，袖起阳春之曲，雍容优雅，不可方物。

在幽然化外的仙籁天音中，远渡而来的道家弟子全都闭眼倾听，静静聆听时，觉得自己的心仿佛在被一点点抽出，随着空灵的琴音化成一根根轻盈的游丝，在缭绕的琴音中渐飞渐远，渐飞渐高，直飞到连星月也照不到的宇宙黑空，最后随缥缈的琴声飞散，化作虚渺……

这样虚无缥缈、无法言喻的天籁琴歌，不仅让眼前的道家弟子神魂颠倒，不知身在何处，也震动了神树芳洲中神秘的精灵。不久之后，随着琴音的飘荡，芳草丛中，翠树荫里，飞起一点点碧绿的光华，或远或近，或高或低，流萤一样闪闪烁烁，渐舞渐集，不久之后明镜一般的湖面上便飘满荡荡幽幽的绿光。

荧然明灭的绿色精灵在众人周围悠悠浮浮，一时之间这些凡间而来的道家弟子，只觉自己身堕梦中，已到达梦想已久的彼岸三清。

在这些如痴如醉的听琴之人中，有一人的感受却不大相同。星空下，碧湖旁，听着姐姐极其舒坦的琴音，琼容却心思渺然，只管仰着小脸盯着头顶的星空出神。

南海的空气十分纯净，现在琼容头顶那条横贯天穹的银河十分清晰。

望着灿烂如银的浩大星河，琼容神思悠然，不禁想起哥哥曾经讲给她听的故事。

原来那银河，不过是遥远的天空中密集着的数以亿万计的星辰，但就和眼前这些草木的精灵一样，那些星辰星光也有自己的精魂。亿万个星光的精魂精灵汇聚在一处，就在天空的某处奔流成一条真正的河流，宽阔得如同海洋，名字也和眼前的星河一样，叫银河……

"唉，什么时候，自己也可以去这样的星辰海洋中玩耍呢？"

想着这些漫无边际的有趣故事，再看看周围的绿树碧湖，出身奇特的小姑娘几乎能从中听出许许多多正在上演的神秘故事。草叶在呼吸，树木在交谈，各种各样认不得名字的虫鸟鱼兽，正在这繁忙生动的静夜丛林中紧张地忙碌。

　　"咦？夜里这么好玩,为什么大家都在白天起来,反而在夜里睡觉呢?"

　　带着这样新奇的发现,琼容终于靠着小言沉沉睡去……

　　当是时,星空灿烂,静夜安详,置身于其中的所有人都希望眼前相聚的时光永远延续。

第七章
梦幻空花，含芬华之芳烈

就在小言设计劝服骏台之后第二天，整个南海中便传遍了这位雨师神将的公告：南海八大浮城上三城之一的冥雨之乡，宣布正式退出目前南海龙族与四渎、玄灵的纷争，转而支持伯玉为南海新主。

雨师神这则公告实质上明确宣示，以他为首的三千雨师神兵接受四渎龙神云中君的全部主张。

可以想象，作为南海一大神秘势力的冥雨乡主，在外人看来毫无征兆的情形下突然发布这样的公告，带给交战双方的冲击会有多大！

只是，冲击还远没有结束。正当所有人还在消化、揣摩这个事实之时，又有个惊人的消息接踵而至。

与冥雨之乡同列的红泉丹丘，三天后也突然传檄南海，历数孟章骄横妄进之罪，言辞激烈，宣布从此与他划清界限。同时，他们表示完全赞同冥雨公子的决定，全力支持温雅开明的大太子伯玉主持南海。

虽然，大多数人对此结果十分震惊，但相比先前雨师神的公告，红泉丹丘此举还有些脉络可循。因为，据说红泉丹丘之主、擅能烈焰沸海的毕方灵将，正是雨师神骏台多年好友。他二人之间同声相应，同气相求，故人们对其此举也不是完全想不通。

至此，当四渎、玄灵联军逼近南海龙宫最后一道门户，整个战局对南海龙族而言几近溃败之时，一向有"南海柱石"之称的南海八大浮城已经分崩离析，再不复当年风光。

细细点数，龙神八部将被张小言击杀一个，策反两名，被琼容莫名其妙消灭一个，被静浪神女擒杀一个，寒冰城、烈凰城、风灵关烟消云散，红泉丹丘、冥雨之乡公告反正，当年孟章手下煊赫一时的八大浮城如今竟只剩下焱霞关、巨雷关还有豢龙之冈还在苦苦支持。

这三城，焱霞关还在镇守鬼灵渊，巨雷关已被调入神怒群岛准备最后的决战。上三城中仅存的豢龙之冈，则在它们号称南海无敌猛将的首领斗犰的带领下，在南海中神出鬼没，不断冲击四渎联军漫长的补给线，并伺机剿杀水族妖族落单的部曲将领，以最少的代价给四渎联军制造最大的恐慌。

只是，正应了那句话，"屋漏偏遭连夜雨，船破又遇顶头风"。到现在，南海八大浮城分崩离析的脚步还没停止。

大约就在小言策反骏台之后的第六天，四渎大营又接到一个振奋人心的消息。

原来，自云中君将鬼灵渊中恶魔淯桼之事明示四方，遍求各方支援的两个多月后，作为如今神魔界中最有势力的焦侥魔土终于有所动作。

据魔域派来的使者传报，魔皇魔后之女，即如今的魔域之主莹惑，已于一日前亲率魔族最强大的魁龙战骑，带甲十万，突入南海，在南海险地激浊洋截住行动飘忽的豢龙之冈，几近全歼冈上数以万计的凶猛蛟龙！

要知道，孟章手下第一龙将斗犰精心豢养的青鳞蛟龙，凶猛无比，往日只征调了一部分，便在几次大会战中给四渎造成很大威胁。但据魔域使者带来的战报，昨日它们被莹惑魔军截住，经一番鏖战，前后只不过半日，近万头的蛟龙就被绞杀殆尽，不仅漏网之龙极少，连它们好勇斗狠的首领斗犰也被几大魔将杀得遍体鳞伤，重伤遁海逃去。

这番苦斗具体情形，战报中并没有提到，但据当时少数逃回的南海漏网蛟龙后来禀告，说那日蓥龙之冈潜行路线本来绝妙，却不知如何被魔人知晓，并被设下重兵伏击，这才不得不在狭小的激浊洋中决战。

原本蓥龙之冈上盘旋飞腾的蛟龙擅能搏斗扑杀，进可攻退可守，以前出征即使不敌也能全身而退，谁知这最后一战中遇到的对手却比它们更凶猛。

据说，当时龙冈袭扰凯旋，刚行到激浊洋，便忽有无数高大的黑甲武士从四面海波中立起，披坚执锐，面无表情，对它们冷冷而视。在他们身旁，又各有一条黑鳞魔龙，似蜥非蜥似蛟非蛟，奔腾咆哮，巨目灼灼，如燃炭火。

在所有魔骑前，众星捧月般傲然拥立着一位紫发魔女，身材颀长，周身上下覆盖晶莹紫甲，手中则执着一条蛇尾一样的长鞭，甩开几有三四丈长，上面还荧荧吞吐着紫色的魔火。

不过，女子容貌并没来得及细看，转瞬之后只见她扬鞭在空中一击，发出一声惊心动魄的巨响，顿时无数的魔军魔将轰然应诺一声，迅疾跳上身边的魔龙。上得魔域魁龙战骑之后，魔族军将每个人双脚一夹，脸上竟露出痛苦的神色，口中更是低低呻吟。

直到此刻蓥龙之冈一方才看得分明，原来黑幽幽的魔龙身侧生着许多暗灰色的尖锐骨刺，主人一旦骑上准备突击，双腿按号令紧紧一合，魁龙骨刺便瞬即刺入主人双腿，立时鲜血长漓！

似乎，神秘可怕的魔域正是用这样巨大的痛苦，保证魔骑头脑清明和胸中战意！

在这样匪夷所思的残忍激励下，梦魇般的魔骑如海沸山崩般冲来，转眼就将以凶名著称的斗犰龙军杀得魂不附体！

在这样的混乱之中，溃败的龙将龙兽仍能听到魔人骑军大将的威名。可能是魔军的习惯，每击杀对方一员将领，部曲便齐声欢呼击杀之人的姓名，一来跟敌人示威，二是跟友军炫耀。

于是在如雷如潮的吼啸欢呼声中，斗犽溃败的部众终于搞清了魔主座下焦侥四魔将之名，分别是寒羽、青蓬、魁夷、赤奋若。

只此一役，魔主莹惑座下焦侥四魔将的凶悍之名便已传遍天南，从此被南海生灵当作制止小儿夜啼的良计！

不过，也许冥冥中自有天意，这场南海大洋中的滔天大战，注定要与另一个名字始终联系在一起。

在各族收到的那张魔族文告中，重创孟章精锐龙军的焦侥魔军谈到出兵原因时，却宣称只是因为魔主莹惑乃南海水侯仇敌张小言的挚友。挚友遭难，与人对敌，嫉恶如仇的魔主自然不能坐视，这才迫不得已跟南海宣战。

魔域这样的宣言，其他人莫名惊诧，转去忙着调查魔域跟小言的关系，只有云中君等心知肚明之人，看到通告后只会心一笑。

深谋远虑的云中君，自然不会看不出这张文告中独具的匠心。看现在南海之势，四渎玄灵攻下龙域只是时间问题，此时魔域相助，自然会被人怀疑是趁火打劫、坐享其成。小魔主现在这样声明，说是只是因为不忿朋友被欺才插手南海战事，既找到了合适的出兵借口，又能让盟友安心。

只是这时候，英明神武、智勇双全的云中君，竟也有些焦头烂额。

原来，在这张魔域的文告中，小魔主莹惑不仅大大方方地宣称自己是张小言多年的挚友，还白纸黑字地写明，说这回阻截豢龙之冈能够克日功成，全赖魔域军师皋瑶的无双计谋，而这回她德高望重的皋瑶姨能够出手，也是为了帮助故友——云中君！

“咳咳！”

因为许多前情，云中君初看莹惑此言愕然，再看哂然，最后仔细看看，却是大汗淋漓。

他这四渎水系的老君王，久经世故如何不一点就通？虽然不知什么缘故昧了前情，但现在一看这字里行间的情义，明达睿智的云中君终于明白，可能他们一直以来有些误会。

"难道……难道那婆姨……"

冷汗涔涔的云中君，想通了那位让自己畏之如虎的魔族女军师竟对自己颇有情意，一时心中五味杂陈，自己也想不清究竟是何滋味。

只是，有件事情云中君还不知情，那就是小魔主在发往四渎的文告中写上这段话，却险些让她和那位皋瑶姨断了情义。

不知是否似"近乡情更怯"，当时莹惑把这个帮忙明示心意的想法跟皋瑶一说，慧丽无双的魔族女军师竟然立时满脸羞红，脸色红得几乎像要淌出血来。

闻言乍羞，之后竟晕倒了过去，许久后醒来头一句话，便是求告莹惑，说绝不能这么写，如果真这么写，那以后她们两人便恩断情绝！

在智天魔这样无比严重的威胁之下，一意孤行的小魔主不知费了多少口水，最后还专门去跟父皇请旨，才最终让羞怯而固执的皋瑶姨勉强同意。

羞人的文告发出之后，皋瑶跟侄女说了一句"从此便不能见人了"，便专心修炼魔技去了。

且略过这许多悲悲喜喜，再说南海龙域。和四渎、焦侥中的几人类似，南海中此时也有人满腔愁绪。

话说就在万丈海渊之下，一汪幽然物外的清蓝湖水旁，现在正有人满怀惆怅。

遍洒蓝月清辉的海湖畔，南海龙神的二女儿风暴女神汐影，正倚在高大的海魂花树下,一脸愁容,对着眼前清幽的湖水静静地出神。

海月玉山倒映之下,景色清明宁静,眼前银沙滩外那一汪幽静的湖水,如一块澄澈空明的水雾漂浮在五彩斑斓的珊瑚贝壳之上,悠悠地游移,轻轻地拂摆,只有偶尔浸到自己的赤足时,那份彻骨的清凉才能让人记起它的存在。

"唉……"

这些天,她这个可有可无的南海二公主,突然被许多人记起。因为容颜晦暗,从小就如草芥般被嫌弃,现在却被濒临绝境的亲族当作最后的救命稻草。

从来不闻不问的老父,现在几次召见她,老泪纵横,一边哭诉自己如何老迈无用,一边提起她小时候的许多事,讲述自己对她是如何疼爱。

那位勇猛跋扈从来不把其他龙子龙孙放在眼里的三弟,现在也突然发现了她的好处,纡尊降贵,用少见的恳求语气请她务必把守好龙宫最后的门户。

只是到了这时,高傲的水侯弟弟仍忍不住提起鬼灵渊中主宰天地宇宙的万神之王,用最坚决的语气跟汐影赌咒发誓,说只要再替他挡一两个月时间,天地间的形势便会完全转变!

许许多多恳切的温情的问候和期待,对南海二公主而言,却像渐渐摞起的高山般令人日益感到沉重。种种要求,好像她手下轻易便能生成的巨浪风暴,不停冲击着耳膜,让她心胆俱颤。

"该怎么办?"

虽然不管以前,父王和三弟对自己多么冷淡,但他们毕竟都是自己血脉相连的亲族,自己本该义不容辞,即使粉身碎骨也应当毫不迟疑。可是内心深处有个声音告诉她,她不想,她真的不想用自己的异能杀敌。

面对许多愁思烦虑,静美的女子只能发出一声轻轻的叹息,震动海魂花树上的花朵,几瓣淡黄如玉的花片在空明的海色里悠然飘落,如同几只玉色的蝴蝶,荡荡悠悠,飘飘浮浮,在湖水上空翩然起舞,许久都不肯落去……

面对这样的蝶飞花舞,满腔愁绪的女子再一声叹息,剪水秋瞳中如同布满一层缥缈的雾气,神思渺渺,同那些零落无主的花片般在空中一同飘起……

第八章
宜笑宜颦，一人可以兴国

就在海底月湖愁云笼罩之时，南海龙神隐居之所澄渊殿中又掀起了另一场小小的风暴。

"你说什么?!"

当温和俊雅的青年将自己的想法和盘托出之后，倾听的父子二人几乎不敢相信自己的耳朵。

"是，请三弟谅解，父王恕罪。"

看着眼前两位亲族讶异的神色，素袍玉带的青年脸色坚决，毫不动摇，又将心中想法重复了一遍："父王在上，三弟也听真，伯玉以为，如今战事已颓。四渎兵锋直抵神怒，已是兵临城下，无法挽回。

"既然如此，我觉得不如便顺他们所言，让我伯玉来当这南海新主。如此一来，不唯堵住悠悠众口，挫动他们锐气，也可以为三弟争取时间。三弟不是说，一旦神之田中的神王出世，便能顷刻扭转战局，助我们统领天下吗?"

"你……"

伯玉再次言明之后，老龙蚩刚和孟章还是没有立即答言，脸上表情却比刚才更加复杂。

"伯玉说得有理啊!"将伯玉刚才的话在心中细细揣摩一阵,老龙王无限感慨。虽然没说话,却拿目光好好打量了自己长子一番。

已有多少年没正眼看这个儿子了?当年不争气的形象,已经在自己脑海中定型了很久,等危急时刻再看到他挺身出来谏言时,自己却好像在看一个陌生人一般。

"什么才是最好的?权势!什么才是最真的?儿女!这些成材的子女,才是我蚩刚最值得珍惜的财富!"

许多天听惯了种种背叛的消息,老龙蚩刚好像头一回发现了自己身边这个珍宝。

郑重其事地重新审视,这个当年被自己斥为"懒龙"的长子,仿佛成了龙宫宝库中被遗忘已久的珍宝,再次出匣时,是那样光华四射!

老龙王一味期许,他那个三龙子心中的想法则更加微妙。乍一听大哥这想法,似乎是在跟自己争权,但他孟章并不是粗蠢货色,怎会看不出伯玉的诚意和他这建议有可能带来的巨大好处。

只是,对孟章来说,多年大权在握权柄天南,让他养成了某种超乎理智的本能。无论是谁,哪怕是他敬重的父王想要削夺他手中任何权柄,哪怕只是权宜之策,都会让他本能地反感,生出敌意。

因此,听了伯玉之言,他第一个反应便是怀疑这位蛰伏已久的长兄,是想借机夺权。

不过,孟章很快便打消了这个念头。

他拿目光逼视一向畏惧自己的大哥,对方虽然眼神中有些惊慌躲闪,但眸清如水,其中的那份坦然是无论如何也伪装不来的。

打消了疑虑,孟章便忽然感到有些惭愧起来。

唉！自己胸怀大志，想要成就一番前无古人后无来者的伟业，谁知现在竟落到这个地步，竟还要这个自己从来都看不起的文弱大哥挺身而出，替他消灾解难！

惭愧之余，他还有些敬佩。虽然自己一向都看不起大哥，只觉得他胸无大志，整天只知道写写弄弄吟吟诵诵，不像个敢作敢当的大好男儿。但现在这样的情势下，多少勇烈猛将都屈服于四渎淫威之下，他却居然敢锐身自任！不说别的，光这份罕见的勇气便值得他孟章钦佩！

虽然云中君那老儿满口仁义道德，口口声声说什么要另立明主，对自己这位大哥满口谀辞大加赞扬，但这等把戏也只能骗骗无知妇孺。

他孟章一看便知，四渎这一伎俩无非是为了蛊惑人心，分化南海。

南海新主伯玉……为什么不选旁人？因为谁都知道自己这个大哥懦弱无用，简直是傀儡的最佳选择！

不用说，等这些奸贼得手之后，便要撕破脸皮。为了永远侵夺南海，即使他们曾经歌功颂德的傀儡也会有性命之忧！

"大哥此举，勇哉！"

正当孟章思前想后心中五味杂陈之时，忽听伯玉又开口，带着些迟疑地跟他说道："三弟……莫非你疑我借机揽权？我……"

刚说到这儿，还没等他剖明心迹，孟章便从中截断他的话头："大哥，你看轻我了！你这样，还是小气。以后若真主持大局，这样不行！"

"呵……"虽然孟章说话时依旧疾言厉色，一派风风火火的模样，但伯玉听了已暗暗大松了一口气。

正要开口接话，却忽听孟章对他说道："不过，虽然小弟不才，有劳大哥费心，但战局其实并非溃败不可救。父王该知道，本来我便定下计策，要诱敌深入，和这些贼酋决战于神怒群岛。届时我南海以逸待劳，又有二姐相助,恐怕险恶天成的神怒海就是这些无知贼徒的葬身之地!"

"三儿此言不差!"孟章慷慨说完,老龙神蚩刚接口称赞。

这回他说话,特地转脸正对着大儿子伯玉:"伯玉,可能你不知道,你二妹天生神术,又常在蓝月湖静心修炼。依老父看,若光论法术修为,她恐怕还在你三弟之上。何况你二妹又天生神力,若将那把天兵神器修月斧舞动起来,神怒洋千里之地恐成血海地狱!"

"是是!如此甚好,如此甚好!"

听父王专门跟自己说话,久遭冷淡的大龙子都有些不习惯,受宠若惊般连声称是,又毕恭毕敬地鞠了个躬,惶恐说道:"这般看来战局无忧,倒是我愚钝,多虑了!"

"呵呵!不是多虑!"见伯玉这般恭谨模样,蚩刚一脸笑意,温言嘉许道,"玉儿,你能想着为南海出力,这事本身老父便十分欣慰!哈……"

老龙神说到这儿忽然抚须哈哈大笑,转身冲向西边,在空旷的大殿中开怀说道:"云中老贼啊老贼!虽然我蚩刚年迈老朽,不堪征战,却比你有福!你家三代单传,那二世洞庭小儿虽然为人方正,但守成有余进取不足,怎及得我章儿雄才伟略,折冲自如,若论守成,说不定还不及我家伯玉!

"还有灵漪儿,我提起来便有气,老子无能,她倒是乖巧,不意竟得了一个好帮手!哼,不过我家汐影现在模样不比她差,不用多久定也能为南海龙族添一得力新丁!"

指点江山说到这里,许久没像今天这样开心过的老龙便想起一事,转身跟孟章说道:"章儿,稍后别忘差人去请一下你二姐。她昨日既答应了为父,便该去神怒见见三军将士,给大家鼓鼓劲。呃,还是不用你去了。"

不知想到什么,老龙神话锋一转,转向伯玉说道:"玉儿你有心出力,此事就由你差人去办吧。也不知影儿那丫头发了什么疯,多大的人了,每次见到你三弟都像要打架。嗯,还是让章儿多去神之田中用用功夫,争取早些请出神王,要那些乱臣贼子好看!"

"是!谨遵父王之命!"

听得龙神安排,两位龙子齐齐躬身答应。

按下他们各自行动不提,再说现在众人瞩目的神怒群岛。神怒群岛,确切说应该叫"神怒礁群",是位于南海龙域西北向两端延伸的大堡礁群,方圆五百里,绵延上千里,其中乱礁丛生,犬牙交错,十分凶险。

若从神怒群岛西北的惊澜、乱流二洲望去,这些神怒礁群就像两只向西南、东北张开的巨臂,将灵波碧水的龙域环抱在内。

和南海龙域中碧波细细、光风霁月的平和景象相反,神怒礁群内永远充斥着凶恶丑陋的礁岩礁石和暗无天日的雷电风暴。

数万年的巨浪狂涛没能消去峥嵘的棱角,反而将那些铁灰色的礁石打磨得参差锐利,就如一只只长着锋锐爪牙的猛兽蹲踞海中,阴冷地等待着猎物的接近。

礁岩间则暗流汹涌,波涛澎湃,大大小小的漩涡湍急险恶,永远不知疲倦地撞击着一座座礁石,吞噬一切敢靠近的低微生物,将它们卷进黑暗莫测的深海,或是裹挟着摔到坚硬的海岩上和自己一起砸得粉碎!

如果说大海中是"无风三尺浪",那到了神怒礁群便该是"无风三丈波"。何况神怒海域天象异常,礁群内永远激荡着台风狂飙,由此昏暗云天的雪白巨浪就像是永远不会坍塌的雪山,连在数百里外的惊澜、乱流洲上都看得清清楚楚。

话说在一月底的某一天,和往常一样,暗礁密布的神怒海中依旧狂风呼啸,大雨瓢泼。但和以往有些不同的是,平时几乎看不到生灵的神怒海礁石乱流间已是人头攒动,盔甲鲜明服饰各异的战士法师,已将神怒海中最大的堡礁群填得严严实实。

狂风乱雨之中所有人都巍然屹立,只有头颅向东眺望,翘首等待那位传说中的南海二公主、风暴女神汐影出现。

在众人的期盼中,大约上午巳时,东边惊电乱闪的黑暗云天下众人从未见过的女神终于姗姗出现。

"噢……"

神女出场,臣民们本该屏息静气地瞻仰,但当她真正出现时,所有人目睹之后却不约而同地将口中屏存已久的气息吐出,低低喝了声彩。

原来,就在东方乱云惊电的景象下,忽然如天门中开,黝黯的天幕中忽现出白光一道,纤细而亮洁的光辉射向四方,逼退了无边的黑暗。在那白色云光之中,有一个婀娜的身影渐渐出现,戴九星灵光之冠,素腕摇光,香肌玉色,以白玉为饰,碧珊为佩,覆流霞之羽服,飞女萝之飘带。其服鲜,云彩乱色;其容洁,韶光四射。所有南海男子口中暗中相传的风暴女神汐影,就这样在一片云光海色中第一次显露真颜!

高贵的女神,不唯有绝世的妆容,一举手一投足间,还有平常女子模仿不来的典雅高贵。曳长裾,立水之涯,鲜光照海隅,扬袂映乱风山,不须笑,不须颦,则即便是最木然的表情、最僵硬的笑容,也比世间最灵动的神色生动。

汐影应了父兄之命,勉强飘移莲步,离了湖宫,第一回立到这么多人面前,却只觉得头晕目眩,如欲晕倒。

本来想好的许多激励士气之辞,在看到云空海天下黑压压这么多期待的面容时,却一字也说不出口。

沉默之时,所有肃立风波中的龙族部属终于看清了高贵统帅的面容,却一时全都呆了。

那是怎样的表情？没人能具体描述出来。只知道空灵如水月、韶秀似幽兰的容光中，蕴涵着一种浓得化不开、美得不能形容的闲愁。

"是了，一定是女神忧心战局，才有这样的愁容！"这般想着的将士，顿时热血沸腾，都为自己先前的动摇感到万般羞惭！

"自己是南海大好男儿，如何能让本族蒙受外敌的欺掠和欺凌？"

还有的海神水灵则捏紧拳头，愤怒想道："哼！我记得哪个杀才曾说过，说咱公主是因为容貌丑陋才不敢露面！要是让老子想起是谁说的，我定打得他满地找牙！"

在群情激奋的军阵面前，满面凄容的女神沉默了许久，略微动容，似正在万般愁绪中努力挤出一点微笑，而当终于成功之后，又踌躇了一回，才勉强挤出一句话来："诸位……拜托了。"

天籁般的嗓音千回百转，南海二公主好不容易说完这句话后，便对三军将士盈盈一拜。微微一福之后，忽举袖掩面，重新奔回到来时的云光中消逝不见……

汐影简单的话语说完，散布在海礁之中的千军万马经历过一阵短暂的沉默之后，便忽然爆发出一连串惊天动地的呼喝，霎时间神怒海中兵戈并举，惊涛暴骇！

就这样，让高歌猛进的四渎玄灵将士始料未及的是，就在一路挺进、势如破竹的最后关头，汐影凄美的笑容竟让他们遭到开战以来最大的挫折，而"汐影的笑颜"，也成了那场惨烈的战争中让许多人最难忘的一幕。

第九章

愁心暗结，形虽殊而并悴

逝去的一年，比南海风暴女神过往生命中的任何一年都要漫长。

"也许……那天听到那人的声音，不该回头……"

冷僻的清湖畔，寂寞的神女常常这么想。

那天之前，汐影也有许多幻想，但在幽寂至极的空湖旁，即使再多的思绪也会被淡无边际的湖泊稀释成单薄的空想，最终如湖上缥缈的云烟般悠悠飘散。而那天之后，平静而漫长的时光忽如海潮般漫卷，黑夜与白昼在不知不觉中匆匆转换，本以为静如死水的心澜忽地掀起惊心动魄的波浪，让自己每天都坐卧不安。

那之后，原本因容颜晦暗便如静影沉璧般偏居一隅的南海二公主，忽然非常想了解自己这片狭小湖山外发生的一切喧嚷。

毫无疑问，风暴女神南海二公主汐影目光的焦点，正在那个叫作"张小言"的少年身上。

对于当年这个不速之客，汐影的感情十分复杂。对她来说，这个人是许多年来第一个闯入她清修禁地的外人，也是长久以来除直系亲人以外第一个对自己斑驳容颜真诚相待的人。

也许旁人根本不能想象,一个在漫长时光里一直为自己容颜暗自伤神不敢见人的女子,会对异性这样真诚的对待有多感激。

自此,一向不关心世事的南海公主,便开始留意南海内外与张小言相关的一切事务。

只是,恐怕真是她命苦,汐影从没料到当初自己弟弟座上的贵客,后来却成了南海的大对头!而她的骨肉至亲三弟竟定下所谓的"妙计",用凶险无比的药草加害对手,如果不是误打误撞,自己都不知自己的血竟能救人。只是自己一向与世无争,好不容易遇到的真诚相待之人,却差点在自己眼前丧命。更让自己没有想到的是,自己竟因祸得福,容颜改变,可烦恼亦接踵而至。父亲和弟弟又开始对自己施展亲情攻势……

汐影知道,后来那少年身上又发生了许多事情。罗浮山被冻,亲朋殒命,冲冠一怒,剑指天南,斩无支祁,下云关神树,破焱霞,于万军丛中来去有如无物,渐渐将自己貌似雄才、目无余子的三弟逼得走投无路。这样的人物,即使在她心目中,也该是大英雄、大豪杰!

她还从南海波臣回禀的消息中看到了事情的另外一面。

据三弟手下专门刺探军情的神将说,近来虚张声势的少年,其实不过是中土饶州城的一个无赖破落户。其人出身最底层的山野村民,自幼浪荡于市巷街井,除了听过几天塾课不是文盲外,其他时候基本都在酒肆坊间厮混。

据跟汐影报告的得力龙将的可靠调查,张小言干坏事的历史由来已久,可以说自打他懂事起便胡作非为、坑蒙拐骗,无论什么恶毒的坏事都要干上一干。据他们多人调查,饶州当地百姓几乎没人不受他荼毒!

当时,听到这里,文雅庄重的神女脸色苍白,便不想再听。

禀报的神将一脸得意,以为自己的情报能得到公主玉口亲赞,谁知等了半天,公主却毫无反应,他只好舔了舔干燥的嘴唇,准备继续禀告:"公主,还有——"

刚一开口,他却忽然听到一句微带颤抖的叱喝:"不用说了。"

"公主?"

"滚!"

"……是!"

准备阿谀一番的神将屁滚尿流而去,浑不知自己刚才这番精彩而真实的报告错在何处。

咋舌之余,他却也是暗暗心惊:传说中南海最犀利的神灵风暴神女,果然名不虚传!

谣言说了千百遍、连自己也信以为真的神将走了。在他走后,许多不啻晴天霹雳的消息却留给了清寂的神女。于是这种种观点在汐影心中激烈冲撞,她虽有千年修行,却分不清所有的一切哪个是真、哪个是假。

于是这些天里,汐影心里常像有两个截然不同的灵魂在不停地换班。

有时这位南海二公主,觉得大敌当前,己方形势犹如累卵,自己该摒弃个人情感,把家国安危放第一位,和自己的父兄站在同一立场。她应该为孟章最后的决战积极备战。

如果真能这么想,事情便十分简单。可是更多的时候,她身体里是另一个灵魂在值班。

有关张小言的负面评价她也不知听了几车几筐,却不知何故,每回心中千回百转思虑时,种种泾渭分明正邪蔚然的评价,到最后都抵不过他之前对自己不必在乎容貌的劝慰。

不管怎样,众人瞩目中似乎一向置身事外的南海二公主,在大战最后关头终于决定参战。

让很多人都没想到的是，南海大战最后一场动员仪式上，这位看似娇弱的二公主只用满腹惆怅的凄楚神色、欲言又止的只言片语，便鼓动起所有云聚神怒海风暴洋中的龙族勇士。几乎所有人都受到鼓舞，枕戈以待即将到来的血战。

所有以汐影之令固守神怒礁的南海将士都知道，这场酝酿中的鏖战，如果胜，便是南海转败为胜的反击起点；如果败，恐怕便是雄心勃勃的南海龙族最后一场体面的战斗。

南海风暴的主宰、神怒海的主人自然不会真如外表那般柔弱娇怯。在那四渎水族、玄灵妖盟战斗号角响起之前，天生险恶的神怒礁群中已经布下天罗地网，只等四渎联军自投死路。

关于这一点，讨伐大军的主帅四渎云中君并非不知道。

"知己知彼，百战不殆"，越是到了最后时刻，他越不会放松对敌情的侦探。

他多年观察得知，虽然南海中神力卓著的海灵第一便要数南海水侯，他也确实名声在外，但若数真正法力超绝之人，还要算深居简出的南海二公主。

他这位最近刚刚旧貌换新颜的远房孙侄女，差不多应该已能施展出传说中的"神之域"。

虽然离"神之域内，唯我独尊"的至高境界还稍有距离，但在风暴洋绵延千里的广阔海域内，足以让她按自己的意愿施展只对己方有利的庞大法技！

不得不说，云中君真的料事如神！那些正开始对南海龙族发动最后猛攻的四渎玄灵战士，正在遭受着前所未有的考验！

永远昏天黑地暴雨滂沱的神怒海，现在仿佛通了灵性，如怒如狂，往日呼啸往来的风暴，现已加强百倍。纵横千里的海域波涛如沸，深蓝的海水一律转换成苍黑,涌荡着混浊的泡沫,在狼牙般尖锐的礁岩中摔打成碎片。

当那些讨伐的战士踏进奔涌的海水时,奔腾如沸的海波便忽然深陷,无数深不见底的漩涡猛然出现,将那些贸然闯入的生灵瞬间吞灭。没等见到敌人的影子,就在海底永远地长眠,对许多奋勇向前的四渎玄灵战士来说,这是他们的头一回,也是最后一回。

在永不停歇、如有生命驱动的湍急漩涡前,原本配合娴熟的上清宫坚波固海术和勇悍无比的玄灵妖骑,这次也头一回失灵。无论上清宫道德高深的法师如何施术,千万个急速旋转的涡流有如永不闭合的毒眼,始终狰狞地瞪视着所有敢轻入海域的生灵。

黑暗的凄风苦雨里,南海所剩不多的浮城之一巨雷关也望空浮起。九转盘香一样的奇异城池在万丈云天上和形状诡异的乌云合为一体,同底下千万个漩涡遥相呼应,将全域笼罩在阴森的黑暗里。

每当四渎联军再次攻入,盘肠一样的黑暗云关中便瞬间闪烁起无数电光,一道道闪电霹雳从天而降,在每一个冲锋的将卒头顶轰然炸响,炸向他们渺小的身躯。

短短不过半日,攻方的损失便超过他们往日连续数天的战役。原本精于筹划的四渎玄灵大军,发现在礁牙峭立、漩涡遍布的奇异海洋里,很难组织起什么像样的战役。

对很多内陆河溪、草原来的战士来说,在凶猛的风涛中连立足都是问题。台风横吹而来,巨浪如山砸至,身前身后又布满血盆大口一样的漩流,数量庞大的决战队伍就这样被远洋的天险分割得七零八落。

即使这样,狂风巨浪中各部曲也在竭力作战,努力挣扎着向礁群深处深入。因为对他们来说,当前是必战之役,无论付出多少代价,也必须将那个倒行逆施的水侯尽早制伏!

在这样的理念之下，一队队的士兵仍旧士气高昂，听着冲锋的鼍鼓，唱着各自的战歌，义无反顾地冲进战场，从阳光灿烂的碧蓝海洋奔入风雨如注的黑暗波涛，瞬间经历从白昼到黑夜的转换，前仆后继。

在付出前所未有的伤亡之后，他们渐渐摸清了漩涡增强、减弱的细微规律，终于成功推进了足够的距离，与隐藏其中的南海守军短兵相接，开始了较为正常的战斗。

只是，那些作为攻方重要主力的妖族战士，仍然很难在锋牙锐利又滑腻无比的礁石上立足。从中土八荒而来的玄灵妖族，只有翱翔天际的禽灵能够勉强助力，但它们又常常被无所不在的闪电凌空劈中，哀鸣着掉落海面。

面对这样的局面，所有四渎的水族战士才意识到，不知不觉他们已经渐渐习惯了陌生的妖灵战骑强力迅猛的冲击，一旦失去他们的力量之后，整个攻击的效果便大打折扣。

于是，对那些节节败退一直憋屈的南海龙军来说，现在终于到了扬眉吐气的时候。

有了汐影神女横亘千里的通灵海漩助阵，南海龙军终于重拾自信，再次变得士气如虹。许多败退下来的残军突然发现，原来自己并不是那么不堪一击。

凭借熟悉的礁岩地形，再有二公主只会伤敌的神奇涡流相助，隐匿到礁群中伺时而动，对四渎联军来说他们就变得神出鬼没，在最有利的时机突袭最狼狈的对手，战果常常连他们自己也不敢相信！

于是，在神怒群岛这场可能是最后一战的攻防战中，前三天里四渎水族和玄灵妖灵的盟军打得十分艰苦，守方却前所未有地捷报频仍。

当这些罕见的捷报雪片般传递到水侯、龙神手中时，平时喜怒不轻易形诸颜色的两人，竟也和那些文臣武将一样喜上眉梢。

终于松了一口气的孟章水侯，还不忘命人好言感谢立了大功的二姐，并附上父王的嘉奖言语勉励她继续助阵杀敌。

在一片似是普天同庆的欢乐气氛中，出力的女神休憩的秘湖畔，却寂静得有些出奇。

这几天的争战，汐影并没有亲上前线几回，因为与龙域邻近，神怒海洋中每一寸海水每一尺礁岩她都了如指掌。神力渊深的南海二公主只需在栖息的海底幽境中踱步作法，便能在百里之外掀起漫天的风波。因此，每天大部分时间里，汐影依旧蜷侧在那棵海魂花树底下，面对着平静的湖水悠悠地出神。

面对她这位风暴神女，那些随侍在外的虾姨蚌女以前是不敢随便打扰的。不过现在局势紧张，山环湖域内这位龙族公主成了南海水族的顶梁柱，因此有些要紧的战报不得不入内禀报。当然，因为现在这些紧急传递的战报大多都是报捷的文书，敢拿去给汐影阅览的，自然只是其中的大捷。

"大捷的文书，递进去公主应该不会不高兴吧？"每次穿过海底的环山去到那片幽湖旁向公主传递文书时，二公主最亲近的侍女真珠便会这么想。

虽然一直被外人认作是汐影的亲信侍从，但多少年来真珠蚌灵还真没能怎么正面见上自己的主人一回。优雅玲珑的公主，常常听到自己轻巧的水声近临，便会开口问明事由，之后便命她速速离去。整个过程中公主并不回头。

不过，可能是因为现在局势紧张吧，这几天里每次真珠去汐影那禀报战情时，这位永远宁静如石雕的女子，居然破天荒地转过脸来，注视着她认真听她读出文书上的每一个字。

每当这时，真珠便忍不住会想："公主她……这哪能叫丑呢！依真珠看，就是云中最缥缈最美丽的天仙也不过如此！"

自然,作为龙宫中清闲的侍女,真珠多少年来听过不少流言蜚语。以前她也将信将疑,但到了现在,她终于可以确认那些传闻的确是别有用心。在这片湖山外的龙宫中聚集了南海最美丽的女子,但依真珠看,她们中最美之人都及不到眼前公主万一!

　　确认了这一点,真珠感到十分高兴。毕竟这人是她侍候的主人,也是南海中尊贵的公主。以前那些风言风语,在她心中一直像块疙瘩一样堵得人很不舒服。

　　不过,在高兴之余,真珠不知为何却有了些新的忧虑。

　　"公主她这样……是喜呢,还是忧呢?"

　　细心的慧婢俏鬟发现,过去的这三天里,每当自己过去传报大捷,容光清丽的主人便蹙起翠羽般的娥眉,专注地听完自己的每一句话,然后便微微颔首以示谢意,最后露出一抹淡淡的似是欢欣的笑容,抬手示意让自己下去。

　　这一切看似很正常,但每回最后这一抹淡淡的笑容,都让真珠感到十分困惑。

　　为什么那浅浅的笑容中,公主的娥眉依旧蹙如波峰?

　　这抹欢然的笑颜,竟让真珠感觉出几分隐约的苦涩!

　　"咦?为什么打了这么多胜仗,公主还不开心?莫非……莫非眼前的胜局只是昙花一现?可是看起来,也不会呀……奇怪!"

　　真珠不能理解主人心中的苦楚,一阵胡思乱想却不得其解之后,只觉是自己多心,便回到环山之外,神色如常,和最要好的女伴们继续先前的话题,讨论那些正在不远处海疆中建功立业的青年神将,争论他们之中谁最英武。

　　日子在此处的波澜不惊和彼处的腥风血雨中悠然流逝,直到第四天,才似乎变得有些不同。

经过前三天艰苦卓绝有如赴死的试探,一直止步不前的讨伐大军终于组织起所有的力量,暗暗攥起的巨拳悄悄举起,很快就要给眼前阻挡的敌人狠命一击!

不提大军行动种种布置安排,再说小言。听过云中君周密的安排,以及对自己特别下达的密令,屡立奇功的四海堂堂主此刻正和四渎公主并肩站立,两人神色少有的肃穆。在他俩身后,则是各自摩拳擦掌的精锐部曲。

这时,小言和灵漪儿,以及所有人目光注视之处,都是那片铺卷无边连通天地的黑霾风雨。不久之后,他们便将冲入其中,给隐藏其中的顽敌致命一击!

第十章
为梦非欢，只剩梦里来去

大凡事物倾颓，如回光返照一般，最末时总有些起色。比如观现在南海神怒礁中气象，守方大多数人心目中都以为事有可为。特别是看前三日沸腾海洋中的斩杀气派，他们觉得恐怕整个大局从此翻转，也未尝不可。

只是，这样的看法在少数明眼人眼中，便有些荒唐。四渎、玄灵一方的统帅，早已看清大势，细细检点己方实力，再看看对方人心向背，便对南海龙宫近畿一战最后的胜负走向了然于心。

不唯他们，便连南海龙域深宫之中，也有智识之士于闲处察看大势，知水侯种种倒行逆施之事，不日之内便恐遭报应。

然而，运筹帷幄是高位者的职责。对于大多数身处局中的将佐战卒来说，一声令下，便投身到轰轰烈烈的战斗之中，只需争执方寸之地，以战局为重，性命为轻，为将帅们的大略方针抛洒自己的热血。

在一月结束前的这场攻防战中，头三天中用无数淡水河灵、草原妖兵生命换来的宝贵信息，到第四天终于派上了用处，蓄势已久的四渎玄灵大军终于闪耀兵锋，朝神怒天险中南海龙军防线薄弱处雷霆般切去！

在险恶的大洋天险中，玄灵妖族的战士已无多少用武之地，决战之际，四渎一方作为主力,已是倾巢而出。黄河水神冰夷,淮河水神淮邪,汶川水神奇相,便连云中君的近卫统领浮游,五大随侍文臣庚辰、狂章、虞育、冲霸、罔象,也尽点手中亲军精锐,独当一面,按云中君的安排投入到风暴怒吼、阴冷混浊的神怒海洋中去了。

到了决战时刻,小言自然也不能置身事外。按云中君排兵布阵,他这回和灵漪儿并肩作战,负责为龙女麾下的远箭部队作掩护,将高高在上的南海浮城巨雷关射溃。

不用说,此刻除了神怒礁间大小不一的危险漩涡,居高临下、不停劈下雷电霹雳的巨雷关正是进攻部队最大的威胁。

这回擅使弓箭的四渎龙女,便被委以重任,带领四渎中专门训练的女箭士,负责将那些高浮云天的巨雷城雷獢电灵射落。

说起巨雷城中的雷獢电灵,实乃海外异种。其形似巨狼,直立,遍体靛蓝,光滑无毛;背后生双翅,形类蝠翼,肉膜铺展,飞动时隐有风雷之声;其喙似鹰而长,声若钟鸣,能效人语。雷獢和当时民间所绘雷公大体相似,其间到底有何关联,已不得而知。

雷獢异兽本身并无操雷控电之能,只是擅能从中调剂。飞腾于九天之上,雨云既丰,它便催动云泽使之相撞,阴阳相击,激出闪耀电光,兼带炸响的闷雷,以之控引攻敌,正是无往不利!

不过,正是"一物降一物",这样霸道的灵族也非不可抵御。一来,雷獢往来飞腾于雷电雨云之间,看似神威无比,实际上其身躯意想不到的脆弱——因为没有鳞甲抵挡,雷獢并不能抵挡锐利刀兵。二来便是雷獢控引的雷电,并非不可防御。四渎水系中旋龟水族天生的龟甲便能抵挡雷獢的电击。而到了这时,云中君手下这支一直围困南海北方岛链最西端云阳洲的旋龟部族,也早已围歼完云阳树精,赶到神怒礁外和大军一起进攻。

就这样，当灵漪儿带领四渎弓箭部曲向神怒海中进发时，每位女箭手旁边都有一旋龟护驾。行进时，已恢复原形的旋龟悬浮在箭手上空，如同遮阳挡雨的大伞一般。

各路大军齐头并进之初，小言便带着少数妖族的精兵强将越过晴雨两重天的神怒海边缘，护卫着灵漪儿部曲向空中放箭。

神怒群礁中，这时正是飞流激荡，黑雾重重。仰脸极目望去，盘肠一样的云壕沟沿上应该趴着无数的雷獴武士，正朝自己这些人专心窥视。雷关旁边，阴沉的雷电雨云中不停闪耀着暗红电火，正如闪耀着嗜血光芒的眼睛。

面对前所未有的强敌，所有女箭士心中都是既兴奋又紧张。

当灵漪儿带领麾下箭手进入作战区域时，随侍的静浪澄江之神银霜、水碧二位仙姬，便舞袖作法，将此处本就平缓的漩涡渐渐抚平，让水族的姐妹们可以稳稳立足，专心向高空瞄准。

正所谓"强将手下无弱兵"，如前书所说，灵漪儿所持神月之弓，传说为上古弓神曲张所造，凝聚光箭的月华回真术和百发百中的九天玄女箭法，则是由箭神续长、弩神远望亲手所创，她手下这帮箭手各个也是身手不凡。

一待她们在渐渐平缓的风波中立足，小言便在旁边飞剑斩杀拼命靠近的敌军，忽见犹如黑锅倒扣的凄风苦雨中，一声声娇喝中突然升起无数五彩缤纷的光带，就好像舞榭歌坊中骤然一同抛起千百条舞带，空中数以千计的神奇箭光划天而过，带着夺目的彩光朝高空中的郁郁黑城齐头飞去。

神箭飞天，效果几乎立竿见影。在这样好看的流光尽头，无数暗藏的雷灵应声而落，带着凄厉的惨叫从万丈高空摔下，葬身在犬牙交错的海礁绝壁之中。

就这样，有备而来的四渎女箭手头一轮齐射，便将巨雷关中的雷灵射落五六成。一时间空中电光大减，神怒礁中变得更加黑暗，残余的惊电飞雷倒有大半朝灵漪儿她们的立足之处劈来，只不过大多都被旋龟灵甲挡住。

只这一下，一直在高渺黑天中肆无忌惮攻击的雷獬电卒便已被打蒙，根本来不及做出明智的反应。

见得这样，箭阵后早就按捺不住的各路大军，如洪水决堤般轰然发动，带着山崩般的呼啸朝神怒礁深处冲锋，不久就将早已锁定的目标团团围住，短兵相接，开始艰苦卓绝的近身施法格斗。

这时四渎的女箭手仍不断射箭，弓弦之声不绝于耳，不久盘旋于天的巨雷关便已被射得千疮百孔，少数残余的雷灵部众四散飞逃。关主獬雷神更是被灵漪儿觑空一箭射穿，掉落九天之下，在神怒海中摔得尸骨无存！

没了空中电火的支援，南海龙军不仅战力大减，便连士气也为之一滞，和势头正劲的四渎大军两相撞上，即使有公主的漩涡法术相助，渐渐也要不敌。这个情形下，小言、灵漪儿所率部乘胜追击，转眼便已深入神怒海二百余里，锋头指处，所向披靡。

不知不觉，意图决一死战的神怒守军便现出溃败之相，告急的消息如雪片般飞往龙宫，名义上主持神怒战局的汐影公主也接到无数求援急告。情势所逼，惯来静处深宫的风暴女神不得不取出兵刃，整束甲裙，前往战场观敌。

神怒群礁毕竟是汐影的领地，对她而言几可顺心随意。

当她到来之时，正如上回阅兵时那样，正在战场中鏖战之人忽然只觉眼前一亮，如同一块密封的幕布被人掀开一角，一抹白亮的天光在东方显现。

激斗之中，众人偷眼向东张望，便见雪裙霜甲的女神从天光绽放处冉冉而来，手中花纹柔美的圆月神斧流动隐隐光华，脸上波澜不惊，在半空中飘飘傲立，傲然俯瞰着风波乱滚的战场。偶尔有闪耀的箭光向她射去，却总在三四丈之外便已湮灭，连她裙角都碰不着！

"唔……"看看巨浪滔天的峭壁绝岩间战斗的情形，法力深不可测的汐影淡淡地想，"真需我出手了。唉……"

幽幽地叹了口气，口中轻轻叱了一声："月白——"

叱音未落，她手中神妙无比的天兵修月斧上，便忽然起了些奇妙的变化。

圆弯似月的斧钺刃身随着汐影一声轻呼，忽然褪去先前隐晦的颜色，渐变清淡，转眼淡然如水，然后闪耀起夺目的白光，越来越亮，如同在黑空中升起一轮耀眼的明月，照得原先一片阴黑惨淡的海礁中千里皓白，灿然如雪。

当神妙的钺斧天兵明亮如月之时，脸色被映得皎洁如雪色梨花的南海二公主，终于喝出第二句："初舞！"

一语言毕，看也不看，便将月斧神兵朝神怒海中凌空打去！

"轰……"

初舞……随着这一招数的施展，只不过刹那之间，千里海域内所有人眼前一片苍白如雪。

千里水域中月落星陨，忽刮起一场恐怖而奇异的飓风，以蛟龙为形，月光为质，刹那间横扫千军，所向披靡！

看似美妙温柔的月白光流，直径却如高山横倒，锋华所指又好似出海怒龙，在无际风涛间翻滚奔腾，真是触之魂散、挡者披靡！转眼之间便已是杀伤无数！

灿洁的月白斧光，一路灼伤无数兵马之后，又马不停蹄地向内坍塌收束，用无数的神气月华凝聚成一条无坚不摧的猛龙，准备在这一道斧兵之气消散之前，将一路上即将遇到的最后强敌一举摧灭！

原来这正是南海风暴女神月白初舞神术最厉害之处。修月斧的雪白斧光如若通灵，能在所有细枝末节的光华刃流杀伤一般敌人之后，剩下最菁华

最玄妙的刃气，收缩凝聚之后，在万军丛中自动识别最值得攻击的敌人，直取他性命。

修月斧，意能"修月"，连高天之上的月轮都能削修，更何况大地海泽中的寻常精灵！

于是，最后只剩菁华、凝聚成只有拳头大小却灿若天上日月光轮的修月斧刃，便似风飙般疾进，以迅雷不及掩耳之势朝锁定之人扑去！

……也不知冥冥中是否真有运数宿命，或者幽渺的天空深处真有一只不可知的命运之手，在拨弄着世间万物的运转轨迹。

当傲立虚空、俯瞰海洋的风暴女神打出第一道"初舞"之时，刃气一路掀波翻浪、千回百转、灼伤无数后，最终刃华所指之处，竟是那个率部深入、其实离汐影并不太远的四海堂堂主！

"哎呀！"

神人斗争，说来话长，但所有的一切其实只发生在电光石火之间。

在南海中头一回遇上这样无与伦比的强敌，便连机灵的小言也似未能来得及转念。修月刃锋横扫千军复又折返奔回扑向他时，小言呆愣如木雕泥塑，任由迅猛无俦的洁白刃华撞向自己前胸，发出一声惨叫，向后摔出七八丈远，四仰八叉地跌落在汹涌波涛中！

"啊呀！"

虽然这一切疾若雷霆，但还是有不少人看清了发生的这一切，便瞬即脱口惊呼！

"小言?！"

目睹小言被白光撞中摔落波间，挣扎不起，灵漪儿惊得魂飞魄散，脑海中一片空白，这时也不知该转什么念头，只晓得飞步上前，想将小言早些救起。

只是这紧要当口，灵漪儿却忽然听到身边响起一个稚嫩而悦耳的声音：“好呀，琼容又学到了！原来打仗中，偶尔还须装死！”

“啊?!”灵漪儿闻声，顿时止步，回头看向琼容，却见她正以手支颐，一副悠然自得的模样。

“呃……”

见琼容这样从容，慌乱的灵漪儿终于定下神来，凝聚眼神，朝远处小言看去。

这一瞧，却发现随波起伏如同死狗的小言，虽然一副气短昏迷模样，但若细心观察，仍能看出些破绽，灵漪儿如电神目扫去，竟发现他一片生机盎然！

“竟敢吓我！死张小言！死张小言！”

吃得一场惊吓，灵漪儿在心中自然将惫赖依旧的小言骂了一顿。

现在，颇有些急才的四海堂堂主，并不知自己这演技在琼容、灵漪儿眼中漏洞无数。他还自以为得计，专心致志地躺在冰冷海波中装死，只等不远处南海公主前来察看，好趁机将其俘虏。

他也没想到，这位曾经有过一面之缘、不知怎么旧貌换新颜的南海汐影公主，竟是这样神力磅礴。

刚才观察片刻之后，已知她绝非寻常招数可以匹敌。恰好被打，便趁机装死，只等她靠近察看时一跃而起，用炼神化虚之术将她擒拿！

所以，刚才他只是故意装作受伤而已。现在他体内道力如此蓬勃，区区一道月刃之气又如何能伤他。因此，刃光击来之时，小言迅速判明，毫不闪躲，拼着皮肉疼痛硬生生吃了一记。躺倒之时，悠然无碍，只觉得胸前小痛，水有些冷，倒没其他不适。

不过，这样悠然情状，转瞬即逝。当神识散出，察觉到南海神女迟疑片刻之后，真正开始向自己这边举步时，小言不觉汗毛森立，如霜覆体。偏生此时还不能睁眼，便更觉心慌。

"近了，近了……"

二公主越靠近，小言便越紧张。等感觉到来人已接近到两三丈之内时，他已无其他退路，便更加一动不动，状若死去。

此时，时间仿佛凝住。

"啊！"

正紧张间，小言却突然听到一声惊呼，不知是不是装死过度神志有些恍惚，这一声惊呼传到他耳中时，竟觉得好生凄楚。

"出啥事了？"

正认真装死的四海堂堂主，听得凄惨的惊呼，身子禁不住一激灵，差点露馅。

"且不管他。"大事之中四海堂堂主十分镇定，"稳住，稳住，今日无论如何也要将她擒住！"

心中打定主意，便继续安心等待。只是又过了许多时，小言却发现周围除了海浪风声，渐渐已没了任何动静。小心睁眼一瞧，不由暗道一声："晦气！"

原来两丈开外，只余风波涌动，哪还有什么人影！

小言不知南海公主出了什么意外，是失足落水还是突然腹痛，或者是看出自己的破绽，竟然不肯上当！一番苦忍之后，到头来一无所获，反白白吃了一回痛，真是偷鸡不成蚀把米，晦气，晦气！

这日战事，到此大抵也就结束了。回去后，小言发现胸前竟有淤青，按之疼痛，便忙让琼容去跟军中医师讨来两帖膏药，小心贴上。

按下他治伤不提，到了第二天，却出了件天大的怪事。

　　话说正当四渎大军云集,准备今日再接再厉,斩杀更多南海有生力量之时,还没等大军开动、旗号展开,却有个惊人的消息蓦然传来!

　　面对这个消息,四渎玄灵军中无论是云中君、诸位君水神还是普通妖灵,全都震惊无比,所有摩拳擦掌准备再建新功的威武将卒更是被这个消息震惊得如同木偶,呆立原地不知该笑还是该哭!

第十一章
龙津藏一剑，山河局争残

话说张小言，昨日吃了哑巴亏，心情正郁闷，胸口又吃痛，晚间琼容自告奋勇要来帮他摩挲化瘀，因顾着男女之防，小言一番格挡，瘀没化成，倒反被灵活的小丫头手肘杵到青瘀处，不知吃了几次小拳，疼得他直咧嘴，还不好意思喊疼。

于是好一番闹腾之后，直到深夜才睡。好不容易入睡之后，便不免贪眠，虽然想着要早起，但等他翌日清晨醒来时，却看到营帐窗帘缝中透进的阳光，已照到自己的被窝上。

"唉，昨晚过来闹，这时却不来叫醒我。"

心中稍稍埋怨了憨跳的小丫头两句，小言赶紧一骨碌爬起，就着床边铜盆中的水随便抹了把脸，又略略梳洗漱口，便急吼吼冲出帐门，准备赶去校军场出战迎敌。

才出帐门，却见琼容早已等在那里，正来回不住徘徊。小言一问，原来是她怕吵了自己睡觉，虽然先前已几次探头，又溜进帐内细看几回，却始终不敢惊动自己。

听得这样，小言在心里暗自将刚才的怨言收回，抓住琼容的手，拖着她一溜烟往惊澜洲外海中点将台赶去。

出来后一看，此时天光确实不早，沿路晨光斜照的营帐中，早已静悄悄的没多少人影。此时不仅小言，便连琼容也知迟到了，路上便没多少话语，只顾闷头朝洲岛东边赶去。

只是，正他俩疾行，还没走出数十步，便忽觉前头有异。原来还算静谧的洲岛林木中，忽然扑簌簌飞起一阵鸟雀，抬头一看，便见得许多人从中奔出，黑压压乱成一片，转眼就已来到他二人眼前！

此时朝阳正亮，霞光中那些人形象极其鲜明，小言稍微一看，便知正是坤象、殷铁崖等玄灵妖族一众。等这些人冲得近些，他又见不少一直跟随自己征战的四渎将士也混杂其中，一个个喧喧嚷嚷地朝这边奔来。

"出了什么事？"见这样，小言赶紧迎过去，大声跟那些人叫道，"各位，出什么事了？ 莫非有何变故不成？"

听他相问，一向对他毕恭毕敬的将士这回却啥也没回答。转眼之间，这些人便奔到近前，还没等小言反应过来，竟齐齐伏身在小言、琼容二人面前跪成一片！

"你们这是？"

忽见这样怪异的情景，睡意未消的小言更是云里雾里，只怀疑自己是不是还在梦里。

"到底怎么回事？"

自和他们相识，从来没见过这种情景，以至于虽然这么多人跪伏，小言大脑中却转不过弯来，一时居然联想到是不是因为自己贪睡迟到，违了军纪，才导致眼前这样匪夷所思的异景。

正当四海堂堂主毫无逻辑地胡思乱想时，忽见抢在最前跪拜于地的白虎山灵坤象，略略直起了身子，仰着脸，银须飘飘，看着面前这位不知所措的小言，颤颤巍巍、结结巴巴地说道："投、投……投降了！"

喜怒不形于色的白虎山灵，虎目中竟然泪光点点，转眼便已老泪纵横！

"哎呀！"

听见这话，又见此情景，小言忽如五雷轰顶，也顾不得对前辈礼敬，蓦然间脱口吼道："坤象，到底发生了何事？怎么就投降了?!"

一时不知状况，小言惊怒交加！

"不、不是，是、不是……"

见小言动气，在前所未有的激动之下，老成持重的白虎山灵竟然一时失语，口唇几度翕动，就是不能成句。

见这样，血气方刚的小言更加气急败坏，刚要拔腿向这群人来处跑，猛然间却听得平地轰然一声，那些刚才不作声的跪伏精灵，这时如梦初醒，不约而同地开口禀告："是他们投降了！南海投降了，他们认输了，我们赢了！"

大家猛然间一齐开口，竟似高楼倾颓，轰然之声震得小言耳膜嗡嗡作响！

"你们是说，南海投降了?"小言还有些迟疑。

"没错，他们投降了！"

南海投降……渴望已久的胜利，在毫无预料的情形下突然到来，也难怪小言一时不敢相信。饶是听得这样斩钉截铁的报告，他还要转脸问问琼容，得到小妹妹的确认后，才终于相信刚才并不是自己幻听！

似乎从未有这样的快乐，欣喜若狂的小言再也忍不住，突然间放声大笑，酣畅淋漓地直笑了半晌，才看到眼前跪倒的人群，一个个将他们扶起，一个个跟他们击掌相庆，正是欢天喜地，笑遏行云！

欢庆之时，小言又跟他们问了详情。原来南海投降的消息千真万确，由南海龙神大太子伯玉正式发布，遍宣四海，绝非诈降。

到了这时,刚才还静悄悄的洲岛突然沸腾起来,此起彼伏的欢呼声犹如二月的春雷在洲岛上空滚动呼啸。

小言这片欢庆的人群,越聚越多,不久之后灵漪儿也急急跑来,和小言相视而笑。

跟众人欢庆了许多时后,小言离了人群,和灵漪儿、琼容一起向东迎着朝阳走了一段距离。

当洲上茂密的林荫再也遮不住双眼,波涛涌荡的海浪近在眼前时,三人一齐驻足,在海岸礁岩之前平稳了动荡的欢乐的心神,抬头向日出之地静静地凝视。

海远天遥,日红如火。水霞流空,云若丽锦。此时眼前的世界,正是金彩绚烂,无比鲜明。

"赢了……"

虽然表面已经平静,豁达平和的小言心中却仍心潮澎湃。

苦苦奋战了半年,当期望中的胜利终于到来,此刻和灵漪儿、琼容伫立海滨,看大海朝阳,任晨风吹衣,小言一时却有些茫然。

不过,这茫然若细琢磨,倒不是迷惘,而像是全身心解脱之后,无比轻松惬意的飘飘然之感。

在这样舒畅无比的心境中,再望见远处海天之间那层如锦堆积的彩霞,小言心中突然升起个念头:此刻他真想飘到那团云霞之中,在绮丽的云霞堆里舒舒服服打个滚,然后睡上一觉,补上昨晚失掉的睡眠,那该有多美……

暂按下小言这边种种心事不提,再说南海。硬抗这许多时,为何一夜间便认输投降?原来不到半天的时间里,南海龙域中已是天翻地覆!

决定结局的,是两件事。

头一件,自然是二公主汐影失踪。原来昨日与张小言一战,发生了一场戏剧性的变故。南海将士众目睽睽之下，击落张小言的汐影公主，继续奔袭到就快接近张小言时，却突然驻足，在风波中瞻看一阵，竟突然掩面，分波蹈海而入，从此无论南海一方怎样追踪寻找，都踪迹皆无。

这样的结果，当时任谁也想不到，但原因个个清楚人人分明："定然是又中了那少年的邪法！"

这个原因显而易见，毫无疑义。

据当时靠近的某位海神赌咒发誓说，他亲眼看到假装被击落海波的少年双目炯然，时刻瞪着公主靠近。当公主终于临近射程后，那少年眼中便射出奇光两道，将公主牢牢定住，让她心神顷刻间错乱，一失足，便不知道随波逐流到哪儿去了。

这个海神绘声绘色地讲这个故事时，每每遭到他人质疑，说他既然看到了为什么不提醒。对这疑问，自然也很好解释：他当时也中了那少年的法术嘛！中术后呆若木鸡之时，虽然头脑清醒，却有口难言！

有了前车之鉴，汐影如何落败大家倒并不十分惊奇。真正影响大局的，是他们突然意识到，从此茫茫南海中再没有一个能斗过那少年的大神。

这样一来，正如云中君等人的判断，这些天神怒礁如火如荼的反击，只不过是回光返照，如潮汐般来得快去得也快。

大势已去之时，任何的回光返照反而容易断送了性命。于是，南海一方靠一人维系鼓动起来的士气，随着主心骨的消失，赖以倚仗的风暴漩涡消退，立时像泄了气的皮球，大家失魂落魄，再没了丝毫斗志。

而直接导致苦撑半年的南海龙族投降的，则是这晚发生的另一件事。

正如因果循环，二公主汐影失踪之后，失魂落魄的并不止普通将士。噩耗传来，这晚龙宫议事大殿镇海殿中气氛一片低沉，众臣神色落寞，如丧考妣。

这些往日高谈阔论的水臣波灵，眼见四渎联军已打到家门口，已方可战之人一个个凋零,便浑没了往日踊跃发言的兴致。看来,南海战局的兴复转折,真的只有靠水侯口中那位虚无缥缈的鬼灵渊神王魔力才行。

这样各怀心思之时,虽然偶尔还有生性开朗的臣子为自己近旁的好友打打气,或者偶尔趋前跟闷坐殿上的水侯主公说说宽心的话,但所有人心里都明白,败亡已在眼前。

"咳咳。"

再说孟章。见气氛沉闷,连夜升殿的水侯也不得不强打精神,咳嗽一声,环顾殿下一眼,强作出往日一副慷慨模样:"众卿,我南海眼下小有困境,不知可有人能进良策,为本侯解忧?"

水侯此言一出,刚刚还稍有嗡嗡议论之声的大殿突然变得鸦雀无声,静得连一片海苔掉到地上都听得见。到了这时,且不论真无良策,就是有些想法,也怕祸从口出,触了霉头。

没想到积威甚久的孟章问话之后,大殿之上竟连个凑趣的咳嗽声都没有!

"哼!"

见众人屏住呼吸,孟章暗地恼怒,却又不好翻脸,只好坐在藻雕玉座上生闷气。

"报水侯——"

正当气氛尴尬之时,忽然从内殿跑出来一个报事官,黄袍小帽,慌慌张张来到孟章面前,说老龙神请他到内殿澄渊宫议事。

报事官的出现,对孟章而言不啻久旱逢甘雨。他正因没人搭茬下不来台,见父王召见便赶忙应了一声,也不问什么事,从玉椅上弹身而起,整了整袍服,一摇三摆矜持地朝内殿走去。

等离了众人视线,孟章这才忽然压低声音,跟小心陪在身侧的报事官问道:"你可知父王何事召见?"

"这个……小的也不知,只知老主公心情沉重,好像是有大事。"

"哦?"

听得有大事,孟章倒来了精神,不往别处想,只想着是不是老父忽然记起什么压箱底的宝贝,这次要拿来给自己使用,说不定从此翻局!

想到快活之时,孟章随口问了一句:"澄渊宫就父王一个人在?"

"禀水侯,还有伯玉太子、龙灵大人在旁随侍。"

"没其他人了?"

"没了!"

孟章听了,也不多想。得知自己的心腹龙灵子也在那儿,水侯更不犹疑,举步时心中还暗笑自己:"唉,今天是怎么了? 只不过是父王召见,就跟小吏问东问西,没的失了水侯气派!"

当即高大威猛的水侯精神一振,脚底的步子迈得愈加四方起来。

可笑野心勃勃的孟章水侯,到这时还只想好事,不虑其他。虎步龙行之时,他却不知,这一去正是大祸临头! 正是:

> 岂意繁华今劫火,
>
> 只剩满襟泪狼藉!

第十二章
投笔按剑，谁意别开生面

羊毛搓的绳子，还抽在羊身上！

——民谚

一月二十九日夜戌时，水侯孟章接父王传诏来到镇海殿后宫澄渊宫议事。

到了澄渊宫内，复有青衣小吏替下黄袍传话小官，一路小跑带着孟章穿过空旷的大殿，将他领向澄渊宫东侧殿密室浮翠房。

到了嵌玉镶碧的浮翠房中，一进门孟章就看见幽幽的绿玉光影里，自己的老父蚩刚一身深黝的黑袍，站在白玉书案前正对着那扇光线只能单向穿透的水晶窗户出神。看起来，他正在专心看窗外那些碧色珊瑚林中五彩斑斓的游鱼。

在他高大的身形旁边，自己的长兄伯玉和心腹龙灵子也在，两人正毕恭毕敬地侍立一旁。

可能因为二公主失踪，生死不明，他们两个俱穿白袍，上面只绘着浅灰淡墨的竹叶藻纹，以示悲悼。只一进门，孟章便感觉一股压抑的气氛扑面而来。

小吏退下，房门无声合上，此时房中便只剩他们四人。

浮翠房中这四位，正是现在南海龙族中地位最高之人。

"父王，孩儿不孝！"孟章首先开口。

任水侯孟章往日再是狂傲，此时也不得不低头。到得房中，他便双手低垂，低着头跟自己的老父亲告罪。

"哦，你来了。"

听孟章说话，半天无语的老龙王转过身来，看向自己这个宠爱有加的第三子。轻轻说了这句话，却复又半晌无言。南海中最德高望重的老龙君，目光复杂难名。

他的心情怎会不复杂？

到了此时此刻，见着此情此景，蚩刚正是百感交集。许许多多甚至以前从未想起过的往事，一时都不由自主地涌上心头。

想当初，他年长体孱，神力衰竭，不得不将本族之事托付子女。谁知长子伯玉，只知耽于礼乐诗书，无心打理政事，视事几年，君臣离心，合海的神灵中只有那位和他投缘的雨师神将大力支持。于是不过几年光景，偌大的南海从声势上便输给了内陆的四渎。

唉，想起四渎，还有四渎的首领云中老儿阳父，蚩刚这气就更不打一处来！

他阳父何德何能？不过是仗着东海龙族的嫡传关系，年纪不比自己大，辈分却比自己高一截，便处处打压自己。三千年前，他占着那样丰饶的大地河溪，还借着和魔族开战的由头来到自己的南海领地耀武扬威，十分可气！

因了这许多气人的往事，他蚩刚便无时无刻不在和四渎比较。

长子任事，寄予厚望，谁知不过数年光景，便政务荒弛，不仅不能开疆辟土，还叫南海君臣上下养成了懒散的恶习，全都变得不思进取。这样的情况,怎不叫他失望伤心?

于是几年下来,伯玉烦了,自己也烦了,便将他废黜,换上了骁勇善战的三太子。

果不其然,这三儿没叫自己失望。自孟章接手南海大小事务以来,真可谓威加宇内,海内廓清。不仅龙族之中众士收心,便连那些几千年都不曾降伏的南海蛮横岛族夷民,也先后归顺。此后声势大涨,南海龙族竟隐隐直逼在四海水族中地位超卓的东海龙宫!

看来,自己梦想千百年的大计最有可能在神威空前的三子手中实现。

只是,不知是否是上天妒忌,经营百年,自己这年轻有为的三儿刚刚发动吞并四渎的大计时,却遭当头一棒。连自己也没想到风格只和自己长子相类的云阳这个糟老头儿,竟然奸诈如斯。

他表面上游戏江湖,买醉人间,谁知暗地却将南海底细探得一清二楚。发难之时,往日辉煌强大的南海不仅寸功未立,反而节节败退,不仅失了战绩,还丢了名声,正是里外不是人。近几个月的事情,就像做了场梦,梦还没醒,强大的南海龙族竟已被那些陆地妖神逼得走投无路!

所有这一切中,最让自己不能忍受的便是那个叫"张小言"的少年!

这个低贱之人,竟领了一帮更加低贱的妖民趁火打劫!要知道六界之中,数草木荒山中的妖怪最卑微下贱。且不提它们现在竟跟自己麾下精锐的龙军打得不相上下,只说它们能有机会跟自己开战本身,就是对龙族高贵血脉最大的侮辱!

前些日,三儿孟章曾抓到一个玄灵妖族所谓的首领妖怪,献来让自己亲审。本来以为能羞辱这些贱民一番,谁知刚问了一句"既然凶猛,因何被擒",那狼头妖怪竟往地上啐了一口,说它也在奇怪,本来当初它受族中长老召唤,跟随作战,以为只是为争一口气,同时也帮主人报仇,以为肯定不堪一击，谁知打了大半年，自己并肩作战的兄弟才死了两成，他这个狼族的小头目，竟然挨到今天才被擒！

呃……还有比这更大的羞辱吗？

当时自己听得差点背过气去，直愣了很久才想起下令将狼妖施以剐刑。

行刑之时，恶狼还一直大骂不绝，只顾气自己，说什么"生为妖主之卒，死为妖主之鬼，就是到了阴间也跟他们这些恶龙没完"！

凶言恶语，正是至死不绝，直害得他这个老神在在的老龙王多少年来头一回被噩梦惊醒！

"妖主啊……"近来回想往事，总是不可避免地想到张小言。

从刚听到这个名字时的鄙夷，再到现在想起来就头疼，"张小言"这个名字就和恶鬼缠身一样，怎么赶都挥之不去。

以他蚩刚几千年的见识，怎么也想不明白，一个出生于山野之间，好像凭空冒出来的后生小子，怎么突然就一呼百应，遇鬼收鬼，见神杀神了？

他也不是没仔细研究过这个少年，只看到这人一向只知行凶弄险，总鼓捣些旁门邪术，却偏偏无往不利，左右逢源，那副不入流的嘴脸，正和狡诈的四渎老儿相同！

不过，虽然对他感到鄙夷，甚至内心里还有些不能察觉的害怕，但在老龙神蚩刚看来，这个叫"张小言"的少年在某些方面还是值得敬佩的。

比如，明明是食亲财黑，争权夺势，他却偏偏能宣称是为自己门下弟子报仇。

真以为大家都是三岁小儿？这话骗鬼呢！左右不过一个婢女，不死是福，死是本分，值得他那么悲痛欲绝？

可是明眼人一看便穿的鬼话，却赢得海内称赞，连自己宫中那些无知的手下，竟也有许多人崇拜他！

"唉……"

每想到这里，蚩刚便会叹一口气。这少年确有过人之处啊，正是不世出的枭雄，只恨自己不像四渎老贼那般不要脸，否则也早去山野访得这少年，多给金银，再将二女儿许配给他，让他也成为自己的左膀右臂！

看来，南海龙神蚩刚也是个怪人，刚刚还恨得牙根直痒痒，转眼就恨不得将小言招为女婿！

不管如何，一连串的感想到这儿，老龙蚩刚脑海里只剩下一个念头："后生可畏！"

遭了二公主走失这事，老龙这时才终于明白，说一千道一万，只有自己的亲族子女才是真正的财富！

此刻的龙君，就像个人间寻常的财主，平时不把自己家的东西当宝贝，可是有一天客从远方来，急吼吼地要跟自己借去用，说有大用，少它不行，而且从此要一借不还，这辈子都不能再见，这时，他才发觉以前随手空置的物件，忽然成了不能割舍的宝贝！

"不能再犹豫了！"

到这时蚩刚终于下定决心，忽然开口打破房中静默，说道："孟章我儿，此番招你前来，只因为父已想过，你兄长的提议可行。"

老龙君语气坚定，不容置疑："如伯玉所言，为保存我族实力，此危急存亡之时不可力敌。现在汐影又失踪了，怎么找也找不到，那神怒天险已然不济，四渎妖军攻入宫内只是时间问题。

"这样，我们不妨用计。假仁假义的老贼不是口口声声说此番征伐，是为了让伯玉登位好还南海清明吗？那好，我们就顺从这个说法，就让伯玉继位。反正如俚语所言，'肉煮烂还在锅里'，只要是我嫡系血脉，谁掌权还不是一回事！

"如此一来,便可暂缓战局,保存主力。孟章你也可趁机潜去神之田,尽早让神主苏醒助力。唉!"

蚩刚叹了口气,继续道:"现在看来,要想取胜,也只能求神主帮助了。章儿,如此行事你可有异议?"说到这儿,蚩刚停下,看向孟章征求他的意见。

正是"形势比人强",到得这时就连骁勇倨傲的孟章也想不出还有什么其他出路,等父亲说完,便毫不犹豫地躬身应道:"愿听父王安排!"

"很好!"见孟章答应得干脆利落,蚩刚大为赞许,转脸又看向一直沉默在旁的长子。

等看向他时,刚才雷厉风行的老龙脸上已现出几分温柔和不忍。

老龙王叹着气说道:"唉,伯玉,当初你审时度势,提出此计,本来我应立即答应,可是直到今日才施行。伯玉你可知老父为何如此?"

"儿不知。"

"唉,无他。只是老父想到这计策一旦施行,只有你最苦楚。战事溃败,你无丝毫过错,最后却要为战败出头与敌周旋,实在难为你了。况且将来你三弟发难,恐怕四渎第一个便要害你……"

说到此处,一直滔滔说话的老龙语带哽咽,竟一时说不下去了。

见他这样,温润如玉的长公子伯玉也忍不住眼圈泛红,却作出一副坚定神色,慨然说道:"父亲不必担心,家邦有难,伯玉岂敢居人后。即为家邦死,正是死得其所,绝无怨言!"

见他如此说法,老龙蚩刚更增悲戚,想要出言安慰,却已语不成声,一个清晰的字也吐不出。一时间房内气氛压抑,大家心头都十分沉重。

这样凄凄惨惨许多时,倒是位侍立在旁的老臣龙灵子第一个打破沉默。明显强忍了悲声,忠心耿耿的老臣子故意欢快着语调,高声说道:"龙王,少君,且住悲伤,听老臣一言。臣尝闻,欲建非常之功,必行非常之事,今日此番深宫定计,未必不是他日我南海一族兴复的起始。此盛时!老臣以为,既然定计,就该当机立断,事不宜迟。我们赶紧去镇海殿中宣布此事吧!"

"不错!迟则生变!"对于龙灵子的提议,蚩刚深以为然,当即忍住悲伤,率先走出浮翠房,领着孟章几人一同往镇海殿中行去。

……水侯退位隐居,让位长兄伯玉!南海不日投降!

决定一从老龙君口中宣布,便如扔下一道惊雷,原本死气沉沉的镇海殿中顿时一片哗然!

只是,这样看似匪夷所思、放在几月前绝无可能之事,到了这时也差不多顺理成章了,所以济济一殿的文臣武将,除了开始时惊讶几声外,最后并无一人反对。

事实上,所有人都如释重负,连假装伤感的过场都不走了,便纷纷称赞起老龙君明晰时势、小主公高风亮节。

这样好一阵喧嚷之后,所有人便都跟着众臣之首龙灵子,一齐跪伏在地,向新任的水侯公子伯玉跪拜道贺。

"大家请起,请起!"接受跪拜之时,早就对这样场面生疏了的龙神大公子伯玉竟好生不适,一阵手忙脚乱之后,还是在孟章眼色提示下,才完成了继位任职的种种仪程。

除去伯玉局促,这次换班交权如此顺畅,倒不是因为人情冷暖世态炎凉,而实是时势使然。

那些死忠孟章的,大都是好战的武将,经过几个月来的征战,到这当口已是所剩无几。剩下的臣子,大抵对孟章并不十分忠心。

此外,几位高高在上的龙君神侯有所不知的是,殿下臣子中早有许多人跟四渎暗通款曲,只盼着早日结束战争。现在一见四渎深恶痛绝的孟章交权让位,又宣布择日投降,怎不叫他们这些暗中谋划的臣子不开心?这样他们便不用再担惊受怕,冒险流血。

因此,在种种或明或暗的理由下,现在合殿上下竟前所未有地团结一致,无论文臣还是武将,都无比真诚地祝贺新主登基。

且不提这许多纷纷攘攘,再说虫刚几人。等宣布完伯玉继任事宜,虫刚便遣散群臣,唤这三人重回后殿浮翠房中议事。又在密室中说得一阵,老龙王毕竟年事已高,说起伤感之事便很快困顿,先回去休憩了。一时浮翠房中,只剩下孟章、伯玉、龙灵子三人。

见时候不早了,伯玉便先提议:"三弟,你不如也早些休息。明日我着人给你安排,安心去神之田中暂避。"

"这……谢过大哥美意。不过我现在就想走了。"孟章竟是一刻也不想留。

"呃,为何如此仓促?"伯玉有些疑惑,道,"明日四渎不见得就打来,你可以从容行事,不必急于一时……"

"唉,大哥!"

本来伯玉挺身而出,愿意牺牲自己解救困局,孟章不愿再疾言厉色,只是此刻见长兄仍是一副懒散拖延模样,他便忍不住提高声音,谏言道:"大哥!正所谓事不宜迟,既然大计已定,就当雷厉风行!四渎我比你更了解,甭说到天明,恐怕今晚就要打来。我现在必须走,早去神之田中一天,便能早一天将神主请出!"

"呃……确实,确实!三弟高见!"

虽然新任了水侯,但伯玉显然还不适应,见三弟爽快说话,不自觉便又唯唯诺诺,讪讪而言。

见他这样,孟章表面不说,心中却暗叹了一口气,心道自己这个大哥只喜欢吟诗作赋,以后每天与那些人周旋,恐怕还要吃许多苦。

想至此处,孟章也觉伤感,便温言说道:"大哥,长离在即,我不想老父伤心,方才便没告诉他。只是分别之时,我亦愿亲族相陪,只望大哥能够送我去离亭之中,我兄弟二人好饮别前最后一杯。"

"好……"见孟章这样说话,伯玉也不禁伤心,当即唤龙灵子备些酒食,送去龙域东南出口那座离亭。而他自已,则陪三弟向离亭先行。

昔我往矣,杨柳依依。今我来思,雨雪霏霏。

虽知此番别离不过是权宜之计,但想到以后再相见不知何时,甚至还不知有无相见之期,小小离亭中兄弟二人,便有些悲戚。

此时海月高揭,星斗已稀,挑脊飞檐的离亭中水月昏暗,光影迷离。

在昏沉沉的水月光影里,即将远行的离人执着手中白玉的醴杯,一杯杯喝着离别的苦酒。见一贯趾高气扬的弟弟变得如此消沉,宽厚雍容的龙神长公子也不禁神情惨怛,肺腑酸楚。

只是酒绵情长,时光却短,无论如何离别之际终会到来。

此去经年,自当赠言,便见贵公子伯玉白衣飘飘,起身离席,在龙域洞天奇异的清影中举杯微吟:

山海苍茫几劫尘,

离亭回首最伤神。

曾经客路升沉梦,

犹是清修冷淡身!

哽咽吟罢,似不能言。

孟章闻之,也不禁郁然堵胸,双目噙泪,如欲泣然。

此刻一直相陪的心腹老臣龙灵子倒是神色坦然。

见伯玉吟诗赠别，他也执杯，起身跟自己这位旧主公最后进言："主公！你可知老臣追随你多年，最大的感悟是什么？"

孟章闻言，双目犹含热泪，转脸看向这位始终追随的宠臣，郑重接言："是什么？"

"唉。"南海中位高权重的老臣子叹了口气，有些黯然地说道，"可能僭越，但主公啊，老臣可算是看着你长大的。这么多年，老臣觉得你什么都好，却只有一样不行。"

"嗯？"

"唉，这么多年来你以智勇闻名，却始终不明白一个道理。那便是承认失败，敢于放弃，也是一样难得的勇气。"

"呃……"

孟章闻言，正自沉吟。

稍待片刻，他忽觉龙灵子说话口气有些不对，猛然一惊，顿觉有些不妙！

说时迟那时快——

"坏了！"

作为一方枭雄，虽然先前一点苗头都没看出，但一番察言观色后，孟章立知不好。一惊而起，赶紧去摸身边那条天闪神鞭，却一手摸空，不知何时形影不离的宝贝神兵，竟已无影无踪！

"你！"孟章大喝一声，刚想奋力向龙灵子飞扑，却忽然只觉天旋地转，脚下一个不稳，扑通一声摔倒在地。再想挣扎站起时，却只觉两腿酸麻，竟使不上丝毫力气！

变生肘腋，所有一切只在瞬息之间，孟章直到这时才醒悟过来，倒吸了一口冷气，喝道："龙灵！你给我酒中下了什么毒药？！"

惊恐问话，龙灵子却负手而立，丝毫不理。

"大哥?"

到这时,浑身无力的孟章仍不死心,希望这只是龙灵子一人的独断专行。

正挣扎着转脸看向自己的长兄,却忽然听到熟悉的声音高声喝道:"来人!"

号令一出,就像变戏法一般,临时决定的送别地点离亭周围,突然冒出十几个雄壮的大汉,各个凶神恶煞,精赤着上身,听得主公再一声号令"拿下",便一拥而上,掰手的掰手,搬脚的搬脚,用绳的用绳,转眼就将不可一世的昔日水侯绳捆索绑,跟只端午节的粽子一样,咣当一声扔在他们真正的主公面前!

"你……"

直到这时,孟章才终于确认,下令之人正是伯玉!

"你疯了?!"

变化来得实在太快,孟章直到现在仍不敢相信眼前的事实。即使被五花大绑,囫囵作一团儿,他还在努力挣扎着喝问:"伯玉! 你这是在搞哪一出?"

"哈!"

听他问话,刚才还在凄惶吟诗的伯玉哈哈一笑,一扫颓态,手按腰间佩刀,俯瞰着他威风凛凛说道:"三弟! 别怪我翻脸无情! 我南海龙族,可由不得你们再这般祸害!"

伯玉说话之时,孟章看得分明,伯玉此时手按的佩刀,正是他从前送的那把宝刀昆吾!

"……"

此时他倒来不及计较这些细节。

"……我们?！"

仔细一想伯玉措辞，更大的恐慌猛然袭来，原本心头犹存一点希望，此时却霎时发冷，有些不妙的感觉。

果不其然，突然变脸的长兄话音刚落，便有一劲装女鬟仗剑气喘吁吁而来。

飞奔到众人近前，女鬟便跟伯玉垂剑一礼，脆生生地禀告："报公子，老主公已安排在锁玉轩中，暂时不用担心他出来！"

听得此言，孟章这才好像突然明白了一些真相，一瞬间便只觉天昏地暗，从头到脚一片冰凉！

第十三章
心为形役，寸地犹冀黄粱

相比以前的温和低调，大太子伯玉这番突然发难，在很多人眼里直若平地惊雷一般！

听得心腹婢女来报说父亲已暂时被软禁在内室中，伯玉的心放下了一大半。

再看看眼前地上的三弟正气得满面紫赤，额头青筋暴露，伯玉也只是视若无睹，跟等着指示的侍女说道："冰娥，你且先去统筹手下女侍，留意诸臣有无异动！一有异状，速来禀报！"

"是！"干脆利落地答应一声，冰娥立即飞身而起，如跳掷飞丸般纵跃而去，转眼便已消失在远处的珊瑚花林中。

冰娥走后，伯玉与龙灵子这两个主导之人的外袍忽然唰一声迸裂，破碎的白丝片如蝴蝶般四处飞舞，须臾间便露出内中暗着的黑曜细鳞宝甲。此后立即有一个近侍将军奔过来，将一袭猩红的披风披在伯玉身上。

披风一经着体，领上绣带无风自结，转眼披风便在伯玉身后挥摆飘动，犹如海鲨猎食后口边飘拂的一抹残血，分外刺眼鲜红。

等伯玉换上戎装，中毒的三龙子孟章仰脸一打量，这才猛然发觉原来自己文质彬彬的长兄，换上戎装后竟也威风凛凛、气概不凡。

虽然这般感想，孟章还是忍不住心中愤怒，当即拼了所有力气，对着神情自若的大哥啐了一口浓痰，骂道："呸！好个贼人，原来早有预谋！"

"……"

虽然孟章这口痰正吐在伯玉甲裙上，但刚刚得势的伯玉并未动怒，眼中神光一闪，那口痰水便瞬间冰结，甲裙稍稍一弹，转眼便化成一团碎雪飞散开去。

痰雪飞开，伯玉俯下身对自己满脸愤恨不服的三弟苦口婆心地说道："三弟，没想到你还是执迷不悟。莫非今日之局，你竟从未料到？唉！"

伯玉叹了口气："如今兵戎相见，本来多说无益，但你我毕竟是亲兄弟，还是想和你推心置腹。三弟啊，你统率南海近千年，焉不知所谓一方统帅，事无巨细，无论敌我，都当了然于心。

"于敌，不能轻易启衅，妄言征战，一旦衅起，必当全力以赴，奇正相间，正旁相辅，务必一往无前，置敌死地。

"而你呢？轻易衅起于前，瞻前顾后于后，一不能料敌先机，二不能全力决斗，三不能求得鬼灵渊中你所谓的神主相助，如此踯躅优柔，首鼠两端，焉能不败！此于敌。

"于我，则大战之际，犹须洞察事理，多虑臣子属下的心思行径。且不说现下南海之中有多少人离心离德，与四渎暗通款曲，你便连我与龙灵准备多时的大动作都毫不知情，有时甚至连愚兄都觉得有些行事是不是谨慎过头。唉！"

剖析到此处，伯玉脸上毫无得色，反而满面沉痛，连声哀叹："唉，如此种种，三弟你还敢以智勇狂傲自居，岂不让外人笑我南海无人！

"父王也是，非是我辈忤逆，遇事用人如此不明，以致南海合族势如巢

覆,即使担着不孝之名,我也只好行这非常之举!"

"主公何出此言!"见伯玉忽然感伤,龙灵子有些担心,赶紧接茬。所谓"开弓没有回头箭",这样关键时刻,容不得丝毫分心。

当即他便朗声说道:"大公子,不必迟疑!隐忍多时,一朝举动,成此大事,实乃英明奇略之举!此番义举,一为老主消弭倒施逆行,二来拯救南海合族于累卵,无人可以非议!何为真孝行?此即是!其足以感佩天地,主公不必迟疑!"

"哈,这是自然!"听出这位老臣心中的顾虑,伯玉朗然一笑,快声说道,"龙灵公,我刚才多言只不过是顾及亲情,希图三弟能够反省,理解我的苦心。不过呢,我伯玉何人?孟章你能理解便理解,不能理解也便罢了。我行此事,不过对得起本心而已!"

话说完,正有数名甲士奔来,各个白袍素甲,这身装束在蓝幽幽的暗夜海底十分鲜明。领头一人疾奔到伯玉面前,躬身抱拳施礼:"禀大公子,龙麟卫副统领丹良,已将龙麟卫各营管制!"

"很好!"听得龙麟将佐禀告,伯玉转脸问龙灵子,"龙灵公,依你之见,龙麟卫各营该如何处置?"

"禀主公,依臣之见,龙麟诸卫对眼前战局早已不满。不过统领玄都,还有二营首领夜光,倒都是孟章死忠……"

"好!"不用龙灵子再多言,伯玉一声喝令,"丹良!刚才这二人名姓你可曾听清?"

"主公,末将听清了!"

"很好。请将军速去,将这二人就地正法!他们的职位由副职接替!"

"是!多谢主公!"

听得伯玉吩咐,龙麟卫副统领丹良又惊又喜,赶紧带着手下人急匆匆而去。

到得这时，大事基本已定。伯玉一声令下，命人将这横倒地上软作一团的旧水侯孟章拖走，关押到龙宫偏僻隐秘处，等待处置，自不必提。

此后南海龙域水底由此引发的种种变故，暂不一一细述。单说龙域西北一隅的密室锁玉轩里，这几日正上演着一幕说不清道不明的悲喜剧。

正如冰娥所言，老龙王蚩刚已被关在锁玉轩中。

锁玉轩正处在龙域西北方，大约就在二公主汐影往日隐居的月湖环山附近。锁玉轩乃一块完整的天然白玉凿就，雕成轩屋模样，被放置在龙域西北的这片海藻丛中，四外环境十分僻静清幽。锁玉轩中陈设同样简净精洁，身处其中，终日静坐，真可让人俗虑皆消。

不过，这玉室虽然看起来静美非常，但正如其名"锁玉"，这其实是一间上等的囚室。和龙域中大多数宫室不同，锁玉轩旁并没有什么高大密集的珊瑚树林，只有一片低矮的海藻丛。

整日漂浮摇曳的海藻丛，只略现出些淡碧颜色，几乎透明。若从附近公主居地玉屏环山看下去，锁玉轩屋前屋后可谓平坦光洁，一览无遗，方圆数十里的海底平原上只孤零零立着这座小屋。

锁玉轩玉屋，虽然也有门窗户牖，却都极小，只开得寻常尺寸一半不到。

并且，这些小门小窗看起来始终大开，从外向内递物毫无异处，但出奇的是，只要有活物想从里面穿出，哪怕只是一只纽扣大的软脚小海蟹靠近微带淡黄的玉石窗户，便立有惊雷闪电疾出轰击，转瞬便已将其轰得灰飞烟灭、死无全尸！

据说，这样秉性奇异的建筑玉石，正是上古时南海龙族从雷神所居的雷室深渊中费尽千辛万苦寻来的。

这样奇特的囚室，空置了千百年后现在终于关进了一人。这人正是在南海风涛中尊荣了数千年的黄龙神蚩刚。

隐忍多时的大太子举事之时，这位老龙神丝毫未嗅到任何危险的气息，便立即被长子的亲信从锦玉被窝里请出来，护送到了这个物色多时的锁玉轩中"静养"。

可怜老龙神享惯了千载的荣华，激变之下即使事实摆在眼前，也仍然不能相信。

初到囚室中时，蚩刚还没认出这个被遗忘多年的密室，竟还认为是三子孟章为了发动最后的血战，怕他受惊吓，才让人护送他到这隐秘玉室中。

对于孟章的莽撞举动，他虽然稍有不愉，但看轩中陈设精致雅洁，又是大敌当前，蚩刚便原谅了。他在屋中安安分分，该吃吃，该喝喝，实在无聊时只在鲛珠穿成的蒲团上翻翻画图秘册，心态竟是出奇的平和。

可想而知，在这样荒唐离奇的错觉之下，一两天后有文吏奉命前来，隔着窗户告诉他这两天中发生的一切之后，老龙神瞬间爆发的愤怒有多么可怕！

气急败坏、怒火万丈、暴跳如雷，他撕碎了所有能撕碎的物件，在并不宽敞的斗室中疯了一般从头奔到尾又从尾奔到头，身形急转如陀螺，身躯颤抖如秋叶，不知道多少次冲到雷门电窗前被霹雳打回，即便从无例外，最后须发尽被烧焦烧黑，却仍不管不顾如疯如狂地向门窗反复冲撞，想要冲到室外。

只是，这些天中龙域又发生了一些更严重的大事，即使伯玉并非真心不孝，老龙神这样激烈的举动也没能引来多少关注。

到最后，倒是蚩刚自己闹腾累了乏了，才渐渐安静下来，在满地碎片废墟中静坐，两眼空洞出神，半晌无言，也不知心里在琢磨什么。

失神枯坐，从早到晚，通宵达旦，如此一两天后，龙宫打发来几个容貌可爱兼又善解人意的妖鬟俏婢,隔着窗牖,跟蚩刚说些轻巧话,希望能解遭困龙主的苦闷落寞。

只是这样良苦用心,蚩刚却充耳不闻、视而不见,偶尔被奉承烦了,还惹得他破口大骂。

第十四章
雪后寻梅，问故园之香迹

二月二日，正是民间所谓的"龙抬头"的日子。恰在这一天，南海龙族在新任水侯伯玉带领下正式向四渎、玄灵联军投降！至此，这场古今罕有的大战终告完结。

算起来，从去年八月间四渎大军、玄灵征骑突入南海攻伐隐波洲开始，到这一日南海正式投降，整整打了半年。

这期间，虽然四渎玄灵的妖神联军每战不殆，但南海各族战士也非易与，形势表面看起来一边倒，其实双方死伤都不在少数。久战必疲，在这样旷日持久的战争里，即使是久遭蔑视、伤亡少于预期的玄灵妖族，听到南海正式投降的消息，也都欢欣鼓舞，不胜欣喜。

到了二月二日，双方将士都早早起来，各个罩袍束带，精心梳洗，即便是投降的一方也尽量打扮得精神一些。

预先订下的正式纳降时间为上午巳时，但几乎所有人前一夜都难以入眠，不用营官将帅催促，便早早起来梳洗到达预定的集合地点。

这一天，天气极好，碧空如洗，丽日高悬，万里长空中云翳片无。

旭日初升，似乎比以往更早升到高空，日出后连朝霞都早早散去，留给南海一个极清爽的天穹。

苍空敛去云雾,大海息了波涛,在湛蓝得直晃人眼的海空中,原本一望无涯的南海大洋里一夜之间忽然升起许多白玉的宫殿,仿佛海市蜃楼,矗立在碧水如蓝的龙域海面。

明玉琉璃雕成的墙脊,雪瑛玉瑶饰成的宫瓦,泄去充盈千载的海水霾气,一朝露出水面,在艳日朝阳下释放出所有掩藏的光辉,熠熠的玉色映衬着碧海蓝空,极尽鲜明,无比抢眼。晴空下,明玉神庭雪堆玉砌的墙角上,还吸附着懵然无觉的珍异贝类。

无论如何,在今年二月二这个前所未有的日子里,南海龙族主要的宫室全都升出海面,跟远来的战胜者们显示着他们的诚恳谦卑和毫无保留的心意。

而这时战胜一方的营寨,也已接近神怒群礁风暴海,在这片永远波涛汹涌的礁群外安营扎寨。放眼望去,此刻神怒礁外海面上连寨如云,舳舻千里。

将近巳时之时,双方将士均已倾巢出动,守在各自的营地里阵列如林,等待主帅君臣们正式纳降交接事宜。

这时再看去,神怒海与四渎玄灵大营之间的海面上正是玄胄曜日,霜矛成林,犀甲有如山堵,旗旆卷似云霓,正是"云屯七方士,鱼丽六界兵"!

且不说胜方威武,再说南海龙域。未到巳时之时,南海龙军上下便俱都白袍素甲,灰旌雪旄,和对面服色艳丽盔甲鲜明的四渎联军相比,南海龙军显得十分素淡冷清。

虽然几乎所有人都因血战结束大松了一口气,但真等到投降时刻,还是好生黯然。

铜漏报时,辰时一过,南海龙域雪白的玉殿中忽然飞出一道白虹,倏然穿过昏天黑地的神怒群礁，逶迤伸到四渎玄灵中军大帐之前。

这道横贯碧海的雪霓，宽约二里，瑞气纷纷，若仔细看时还能发觉虹路边沿雪花飞舞，应是冷虹一类。

白气横空，须臾间两侧凌空竖起无数降幡，色皆灰白，在海风中摇晃舞摆，瑟瑟作响。虹路的一端，正是从南海议事大殿镇海殿中伸出。三声金钟响过，以伯玉为首的南海君臣便鱼贯而出，足下飘云生雾，沿着霓路虹桥往西方逶迤而行。

这些降将降臣，前后相衔，低眉垂首，缓缓而前。来到四渎玄灵营寨正中巍然高踞的大营不远处，还有三四里时，便慢慢停住，只留伯玉一人继续向前，缓步趋前，恭恭敬敬地走到大营之外，躬身拜伏在地，用不高不低的声音告道："罪臣伯玉，率恶虺来降，望神君接纳！"

说罢，伯玉将降书顺表双手举过头顶，等待营内的回答。此时他身后三四里外那些虺从臣子，也都依样跪下，朝西边大营行叩拜大礼。

不过，虽然态度谦卑，但负责投降的水侯伯玉才跪了片刻，也不等里面回答，便起身，转身离去。

原来，按照通行的纳降仪式，战败一方的首脑至少得往返拜求三次，才能得到对方主君的归降应允。

只是，这回和南海众君臣想象的不同。伯玉才一转身，便忽听身后笑声大作，转眼便有一阵爽朗的话语顺风传到自己耳边："伯玉贤孙侄，去之何急！老夫早就盼着与你相见之日，既来，且进帐言，且进帐言！"

说罢，出帐笑迎的云中君便走过来，拖住伯玉把臂而行，半拉半拽，转眼就已将他请进大帐中去了。

忽见云中君这般亲热模样，那些正在后面素白虹桥上诚惶诚恐，等待三拜仪式完成的文臣武将一时都不及反应，各个面面相觑，也不知下一步该如何行事。

正迟愣间，他们又见洞开的大帐中忽走出数人，为首一人峨冠博带，青绶绯袍，在众人之前气象万千地走过来，跟他们这些人高声说道："各位前辈请起，请随晚辈往大帐中用茶去！"

众人闻声微微抬头一看，大多都认出，态度谦恭、俯身微笑之人正是传说中的张小言。

不用说，因为要代表受降，他这个四渎的盟友、玄灵的妖主也被推了出来，带着一帮水神妖将在云中君之后招呼南海这些降臣。

到这时节，张小言这位当年的饶州少年早已不知见过多少大场面，更亲自搅动起许多大事件，虽然言辞依旧谦恭，态度仍然温和，但以往诸般勇猛事迹毕竟横在众人心头，他这句"前辈"长"晚辈"短的谦卑话说下来，那些南海栉风沐雨不知凡几的神臣仙将，竟个个讷讷无言，一时没有一人敢搭茬。

此时不仅不敢起身接话，有几个胆小的，不知怎么竟从小言谦和的姿态中感应出某种强大的气势，仿佛大山压来，一时竟惊得浑身流汗，膝下不知不觉朝左右腾挪，努力藏在同僚身后。

见他们这样，小言倒有些无奈。也不知是哪儿出了错，本来他想象着自己一言既出，应者云集，众人应声而起后随他一起去大帐中把盏言欢，岂不是皆大欢喜？

于是小言尴尬之余，满腹狐疑："莫非刚才声音小，这地方又太空旷，他们没听见我……"

虽然略略气馁，小言还是定了定神，往地上一看，便在跪伏一地的南海群臣中发现一个熟人。当即小言大喜，赶紧趋步向前将熟人搀起，跟他打起招呼："哎呀，原来是龙灵前辈！多日不见啊！今番又相逢，实是十分欣喜！"

"呵……"

见张小言亲来将自己搀起，龙灵子不复犹疑，当即站起身，满脸堆笑，正要剖白，却被小言抢过话头说道："龙灵前辈，前番征战，多有得罪，还望前辈恕罪！现下有幸干戈化为玉帛，舍妹前回叨扰夺走的丹丸，这便还你！"

说着话，小言便探手怀中，将先前琼容献来的龙丹掏出，托在手中郑重递还给龙灵子。

小言这样的举动，对龙灵子来说自然是天降之喜！

虽然他这龙族，不像凡间狐狼之类离内丹必死，但毕竟会折损功力。即使不计较这些枝节，被人夺走内丹也算是奇耻大辱。因此小言现在二话不说就把龙丹还他，毫无贪恋昧下之念，龙灵子自然十分感激。当即宾主俱欢，先前双方尴尬的气氛一扫而空。

有龙灵子带领，南海众臣自然跟随，当即这些南海的栋梁便随小言一干人到云中君大帐中相聚。

等稍稍喝了几杯玉液琼茶，先行进帐的伯玉便跟云中君说起纳降事宜。龙神公子毕恭毕敬地将降书顺表奉给旁边的四渎侍臣，由他们转递给云中君，请他批览。

话说这时的正式书表，卷口皆用泥封。像南海龙族这样身份的，表册泥口皆用最珍贵的紫泥，上面再压上凤凰之形，十分精美。云中君接过伯玉的书表，略看了看封口的丹凤紫泥，便应手破开封口，将整卷碧玉竹简摊在案前观看。

只见卷在一起的降书顺表，其实共四封。第一封是南海降服的正式文告，第二封是伯玉的罪己诏，第三封是历数战争祸首孟章过错的行文，最后一封则是南海给予四渎、玄灵赔偿的详单。

四封降书里，第一封正式文告乃是必有公文，只按惯例，不必细说。伯玉的罪己诏也是走走过场，南海大战起源经过和他并没什么关系。有这罪已诏,不过因他现在是南海的统领而已,主要是象征意义。

相比而言,历数孟章过错的行文,倒算是言之有物。什么"心如虺蜴,性比豺狼""近狎邪佞,妄害忠良""神人共忌,天地不容",这些刺眼狠厉的词安在孟章身上,大抵也不冤枉他。

书表上罗列的孟章罪行就有百来条,密密麻麻列数下来,真是多如牛毛。这些罪名云中君大致看了,很多是夸大其词,罗织罪名,倒真有点冤枉那个前水侯了。

比如四渎龙君看到这么一条:"贼子(指孟章)生即偏邪,寝宫名'临漪',与四渎公主芳号谐音,其非分之心,一览无遗!"

这条云中君看了,细细一想,便记起南海龙域中的临漪宫创名还在自己孙丫头出生之前,当即哑然失笑,示意旁边侍臣取过刀笔,将书表中这条画掉。

像这样又画掉八十多条,剩下的基本也就差不多,此后便可示之四海,明晓四渎玄灵并非妄动刀兵。

最后伯玉献上的南海战败赔偿列表,其中尽是金珠宝玉之类,数额惊人。

原来海洋中最易出珍宝,龙宫自古便是世间最富庶之地,因此赔偿列表上真是琳琅满目,什么华珰玉瑶,紫贝雕鳞,玄翠缥碧,明珠珊瑚,鲛绡玉珧,黼锦缋绸,种种珍奇之物不可胜数,若真计较起来何止富可敌国!

云中君观看之时,小言在旁边相陪,用眼睛瞄着了,无法自制地直咽唾沫,十分眼热。

不过,这些让后生小子十分心动的珍宝,富有四渎的云中君却并不十分放在眼里。

要不要接受赔偿,云中君早已有计较,当即只看一看,便将表册递还伯玉,声明这些赔偿一概不要,都发还给南海中那些战殁的军卒,处理善后事宜。至于四渎还有玄灵的犒赏,自有他云中君开放宝库,犒劳三军。

说不得,此后一番推让,云中君坚辞不受,最后伯玉等人见他意诚,也便作罢。这样一来,在场所有南海君臣便真心感激,再无异念。

处理完这些纳降交接的文牍事务,云中君率众走出营帐。等到了大帐外云中君忽然现出法身,浑身金彩缭绕,祥云飞舞,飞在空中对着四方将士洪声宣告:南海战事,自此完结!

话音一落,举海沸腾,无论南海、四渎还是玄灵,人人鼓舞,个个欢欣,无论人、神、妖,还是鲸、鲵、鲨、鲮、鲲、鲔、鳣、鲦、鲉、鲛、鳐、鲵、鲤、鲢、鲯、蟥、蛟、虬、蚴、蚓、蛤、蚖、蚶、虾、蟳、蟷、龟、鼍、鼋、鳖、鼅、𫚔、鳖、蚍、蟹、鸥、鸿、鸹、鹈、鹭、鸥、鸶、鹈、鸊、鸡、鹃、鹏、鸽、鹰、隼、雕、豚、豨、狐、狸、虎、豹、猿、猱、龙、兕、狼、猞、猁,鳞千其族,羽万其名,天上海下,举共欢腾!

罢兵收戈之际,盟誓同心之时,早已阵列的军乐举八音,金、石、丝、竹、匏、土、革、木,鸣鼓震海,响磬凌云,千人唱,万人和,普天同庆,沧海齐欢!

此后,还有许多宣誓祭奠之事。直到夜幕降临、黄昏初起之时,张小言才脱得身去,去办云中君刚刚交代的大事。

原来,云中君中午曾跟他私下商议,说即使现在南海投降,又换了新主伯玉,孟章如何处置仍是重中之重。以他的眼光看孟章,觉此人虎狼成性,法力深不可测,又曾在鬼灵渊中待过多时,保不准会出什么变故。

因此,即使伯玉和龙灵子极力保证已将他下药押在海底秘牢小心看守,他仍然不放心。因此,云中君便想请小言尽快带得力人手,务必细细查勘南海关押孟章囚所,看看是不是真如南海诸人保证的那般牢靠。

于是,诸事已毕,到了掌灯的时候,小言便带了冰夷、浮游等一干勇武水神,在伯玉和龙灵子亲自带领下前往囚禁孟章的秘处。

一路前行，本来默然无事。正当水侯伯玉专心领路向前之时，身旁一身戎装的少年突然开口跟他说话："水侯大人——"

"嗯？"听小言忽然出声，伯玉一愣，又听见他还称呼自己"水侯大人"，便有些着急，"小言兄，什么水侯大人，何须这般客气！你我之间，只需兄弟相称。"

小言顾不上和他推辞，只顾继续说话："那些以后再谈。伯玉兄，其实现在小弟有件急事想请你帮忙！"

"哦？何事？"想不到小言还有事求他，伯玉倒有些惊讶，当即保证，"小言兄请明言。无论赴汤蹈火，愚兄一定在所不辞！"

"是这样，伯玉兄你应知我在罗浮山中曾有位挚友，遭孟章所害，又被掠去遗体，我便想问，你可知你三弟将她安置在何处？"

"呃……"听他这般相问，出身金玉之族的贵公子记起往事，倒是一愣，心中讶道，"莫非他竟真会痛惜他堂中的女婢？不能啊！要说区区侍婢，再怎么亲近也是下人，他如何会牵肠挂肚至今？真是奇哉怪也！"

伯玉一时沉吟，并未发觉身旁小言眼中已有莹然泪迹。

第十五章
天地不醒，归来风雨满哭

伯玉见小言牵肠挂肚、失魂落魄的模样，倒有些动容，一边暗自称奇，一边口中说道："惭愧！一向不知小言兄如此重情义，实令愚兄折服。不过在下倒有一事不明，虽然兹事体大，但也不过愚兄片言之劳，小言兄何不尽早言明？"

听他这么问，小言倒是坦然回答："兄台有所不知，虽然这事盘桓小弟心中已久，但今天大事要紧，一直也找不到机会说起。况且这大半年来，讨恶伐逆，风来雨去，我那些战友中亲朋父兄战殁的也不在少数，并非只有我一人伤心，故不敢早问。"

伯玉听了，暗暗点头，敬他深明大义。伯玉心说，怪不得连雨师公子那样孤高傲世之人，也向此人低头，看来绝非偶然。

当即他也不再多问，便将所有实情原原本本相告，好让小言安心。

对于雪宜这事，他早有安排。毕竟四渎檄文中几次提到孟章杀人掳尸这茬，他不得不用心。许多天来，他都暗中派人盯看放置雪宜遗体的冰晶洞冷寒窟，属下每天都须向他禀明附近的一切风吹草动。所幸，就在一个多时辰前侍从还来跟他禀告，说冷寒窟一带一切正常。

听了伯玉这样的回复,小言心中一块石头总算落了地,当即便专心和大家一起往囚禁孟章的秘地行去。

只是,正当小言一行往龙域东北面疾行时,半路却忽然见许多青蓝皮甲的武士迎面而来。远远小言就已看见,这些龙宫的甲士直跑得盔歪甲斜,气喘吁吁地奔到近前后,呼啦啦跪倒一片,跟伯玉惶急禀告,说困锁孟章的地底囚窟中出了大事!

在巡逻武卫首领结结巴巴的禀告里,小言、伯玉听得分明,原来片刻之前,营龙麟卫例行巡到那处囚窟附近,发现原本重兵把守的秘窟洞口外竟尸横遍地!

第一眼见到时,龙麟卫还不相信自己的眼睛。等定下神来,各操兵械大着胆子奔进深邃洞窟里,发现螺旋而下的石阶上倒毙着更多的尸体。一直走到关押孟章的海底深穴前,那么多死尸中竟没发现一个还活着。等急吼吼跑到囚室前,发现早已人去室空,只留下地上几条寒铁打成的锁链!

听得这样的剧变,所有人大惊失色。孟章若是脱逃,不知会生出什么祸患。于是伯玉、小言等人不及细问,便飞快赶到出事地点。

到得那处秘窟之外,发现果如方才龙麟卫所言,黑洞洞的窟门外到处都是横倒的尸体。缕缕的鲜血,如水草般袅袅,在熹微的海光中静静地漂浮,显得格外诡秘。

等赶到近前细查,小言便发现这些殉职武士虽然伤口溢血,口子也开得极大,像是瞬间被什么凶狠的猛兽利爪强力撕开,但若仔细察看,便能看见伤口周围的皮肉碴口全都十分光洁,只微微有些变色。仔细探看,小言发现这些皮肉竟全都凝固,丝毫看不出原来的肌理。

再看看这些尸体伤口旁稀薄的海水,全都嘶嘶作响,冒着无数细小的气泡,小言便怀疑这些伤处都曾被高热灼过,伸手一探,果然如此!

稍稍看过殉职侍卫的尸体，小言、伯玉等人赶紧戒备着冲入那处洞窟中。果不其然，沿着螺旋的石阶盘旋而下，沿途又倒毙着许多持刀执剑的武士。他们周围还散落着刀斧的碎片，可见他们也曾抵抗。再看他们伤口的情形，和洞窟外的尸体别无二致。见如此，小言和伯玉不敢怠慢，各执刀剑在手，和身后许多将佐一起小心向洞底探去。

　　沿路潮湿的石壁上镶嵌的夜明珠幽幽放光，许多造型古朴的铜灯里鲸油熬成的灯烛依然明亮，在灯珠交辉中，盘旋而下的秘窟中亮如白昼。

　　用了没多久，小言一行便已奔到洞底囚禁孟章的密室前。不用走到跟前，远远一看，便发现果然室门大开，石屋内空无一人，只有许多截断的铁链散落四处。

　　又奔得近些，小言见这些蓝幽幽闪着寒光的铁链几有手臂粗。

　　见此情景，小言不由得倒吸一口冷气，当即问伯玉：“你看孟章是如何逃脱的？”

　　“这……”

　　见到眼前情形，再听小言发问，伯玉脸上不禁有些愧色。

　　不过现在也不是计较这些之时。伯玉稍微一想，便跟小言说出自己的推测：“我看他应是被外人救走的。不是我夸海口，既然我能设计擒下他，便有万全之策，他光靠自己绝不能逃走。刚才你也见到那些卫兵，无论伤处部位致不致命，全都是一招毙命。况且那伤处灼烫……一定是斗犰！”

　　正是一语惊醒梦中人，听得伯玉之言，小言立即便记起，前些日南海八大浮城之首的豢龙之冈被魔族打垮，孟章麾下的第一猛将斗犰负伤逃走，至今不知所终。

　　斗犰名列龙神八部将之首，原本便是喷火神犰，号称烈焰神爪，乃是神兽中出名的勇者。据说他一人便能力搏百龙。今日看来，斗犰神勇犹出乎想象。败战重伤之余仍能潜踪隐迹，出入龙宫重地竟能如入无人之境！

当即小言便道："他们并未行远，我们快追！"

"好！"

且按下他们这边着紧搜捕不提，再说刚刚逃脱的孟章。

正如伯玉推测，刚才他正是为他的心腹爱将斗犼所救。

正所谓百密一疏，虽然伯玉慎之又慎，突然发难之前一直韬光养晦，并没走漏一丝一毫的风声，但孟章也非蠢物，又如何不知现下情势如同坐在火山口，虽然只觉暗流汹涌，不明具体，但也不得不时时提防，设下一些防范举措。

要不是没料到他长兄心机竟如此深沉，自己的头号宠臣又暗中反水，他也不会像昨天那样轻易被擒。

今日能脱逃，正因暗中亦有提防。就如当初居盈公主上罗浮山入四海堂，上清宫长老交付比肩兽供她联系一样，孟章和他座下最信任的大将斗犼之间，也有类似的秘密联络方式。

具体形式自然和上清宫不同。他们这样的神人，俱可感应，不用比肩兽警讯盒这样的器物便自有其神秘的联络方式。在局势危颓之时，孟章便曾与斗犼约定，无论如何，他每天早晚都会跟斗犼联系一次。如果哪天中断，其意不言自明。

因此，半个多时辰前，负伤隐匿的斗犼神知道主公出事后，便凭着神秘的感应寻到了囚禁孟章的深窟，拼力杀死所有侍卫，一头撞入囚室之中，拍碎孟章手足上的锁链，将他救出。

当然，那些龙宫精锐的龙麟卫亦不可小觑，虽然当时在场的全部被斗犼击杀，但最后离开之时，斗犼自己也是伤痕累累，浑身血水淋漓，惨不忍睹。

孟章和斗犼现在正在龙域以南二三百里的海面上仓皇逃窜。

暗夜的大海上,惊涛骇浪,风波汹涌。黑暗云天中不知何时下起瓢泼大雨,和着风浪劈头盖脸地摔砸着他们受伤的身体。乌云中倾泻的暴雨,为主臣二人冲刷去身上血污之时,又好像一条条鞭子狠狠抽打在他们身上。

　　只因为身上受伤不能潜入压力巨大的咸涩深海,又不能飞在云空引人注目,斗犰只好背着孟章在海面低空跟风雨搏斗。

　　风雨兼程,小半炷香的工夫他们才向南逃出几百里远。最后斗犰有些力竭,便在大海西南的风浪中找到一处稍能避风的小洲,将浑身无力的主公放在一棵椰树底下,让他靠着休憩。

　　一路狂奔到此时终于可以歇脚,斗犰便跪倒在孟章上风头,问道:"主公,现在觉得如何?"

　　"唔……"

　　孟章长长吐了口气,稍稍挪动了一下四肢,这才低声答道:"好多了……再歇一阵,我便能行动了吧……唉!"

　　"贺喜主公,那微臣便安心了!"

　　凄风苦雨里,忠心耿耿的臣子脸上装出笑容,心里却十分难过。

　　这才几天不见,便已是天翻地覆,往日在自己面前总是意气风发的水侯,这次再见到时却是阴沉冷漠。偶尔开口,便是唉声叹气,连一句叱骂仇人的话也没有。

　　在孤洲风雨中暂憩之时,偶尔天边的电光闪过,斗犰还能见到水侯脸上早已眼窝深陷,一片憔悴,寻不到丝毫当年的刚毅神色。

　　"唉!"

　　孟章这样,斗犰又如何不能感同身受? 同是天涯沦落人,想想数十天来的遭遇,往日勇冠三军的猛将也是一声叹息。

　　只是口中哀叹,却还不敢大声,怕主公难过,只得和着风声含糊呼过,于是此时斗犼心中愈加悲伤,却不得不隐了悲声,假作欢欣说道:"主公,我等现在已离了虎口,再歇一歇,我们便赶路,逃去海外再图谋,不愁不能东山再起!"

嘴上虽然这么说,斗犼心里却非常焦急。

离了险境?还早得很!

别看大海茫茫,四外云天低沉暗雨乱飞,但离脱险差得何止十万八千里!

数百里的海路,对方须臾便能赶到,满海的游鱼浮藻,都可能是对手的耳目。所以虽然嘴上跟主公说得轻松,暗地里斗犼却恨不得肋生双翼,背起主公立即逃走。

正当他焦急间,却忽听孟章开口:"斗犼啊,这回谢谢你。"

"……主公何须客气!这都是做臣子的本分。微臣——哼!那些乱臣贼子,个个该杀该剐。若有朝一日再能反复,我斗犼头一个将他们碎尸万段,拿来喂狗!"

提起这个话头,一想到那些见风使舵的奸臣贼子,斗犼就咬牙切齿,恨不得现在就将他们提来一爪拍死。

"罢了。"龙将义愤填膺,孟章却摆了摆手,截住他的咒骂,声音低沉地说道,"斗犼,这些事我们以后再提。现下我们不能再耽搁,得马上走!"

说罢,原本半死不活的孟章忽然起身,虽然身形歪歪斜斜,但已能站住,不用人扶。

见主公气力恢复,斗犼又惊又喜,赶紧上前搀着,半托半曳,离了孤洲,和孟章一道紧往南赶。

就这样又走得一时,狂风暴雨里斗犼忽听身边主公说道:"斗犼,你是不是痛恨那些乱臣贼子?"

"当然!"

"那好,本座现在有一法子,不出几日便能叫合海的乱贼死无葬身之地!"

"是吗?!"

听得孟章之言,斗犼又惊又喜,不提防脚下一个趔趄,差点带着孟章一起跌在浪涛里。

定了定神,稳了稳身形,斗犼又听孟章继续说道:"要行此法,必须尽快赶到神之田。"

"没问题!"

斗犼一声应答,不再多问,当即便偏了路头,脚下生风,一路直朝大海东南奔去。这时的龙将已如同换了一个人,红光满面,精神抖擞,只觉着刚才那句话就像一剂灵丹妙药,已将他身上所有的伤痛瞬间治愈。

只是,所谓"福无双至,祸不单行",正当斗犼、孟章二人加快速度朝东南方的鬼灵渊疾赶之时,却忽听得身后异响大作,轰然有如海面突起飓风。紧接之后,原本黑暗的天地间变得一片明亮,四外都是光华烁烁。

突见异状,斗犼、孟章顿知不妙,回头一看,只见数十道雪白的光柱冲天而起,俄而又向四外探照,光华所至之处,遍海尽皆透明!

追兵到了!

一惊之下,斗犼赶紧拖着孟章潜低身形,隐在惊涛骇浪间力求不被神光探到。

饶是他们反应迅捷,似乎仍是被照到了,茫茫大海如此之大,铺天盖地而来的追兵却只朝他们这边追迫。片刻之后,斗犼便听到海族特有的咀咀喁喁之声大作,如同海啸风暴般离自己越来越近。

"主公!"风雨中龙将对身旁终生效命的主公凄然一笑,道,"请您先去神之田,容微臣留在这儿再活动片刻筋骨,再赶去与您会合。"

"……好。"

孟章也不多言,只应了一声,便离了斗犼左右。

"咚!"

就在斗犼想要转身专心迎敌之时,却见无上神武、无比刚强的主公,竟蓦然倒身下拜,在一片风涛乱雨中以头触浪,嗵嗵嗵给自己磕了几个响头!目瞪口呆的龙将还没来得及反应,刚刚叩头的孟章便已飘身而起,头也不回地没入了漫天风雨中。

"主公……"

刹那间,仿佛喉头被什么东西堵住,斗犼言语哽咽,竟是泣不成声!

第十六章
玄机似悟，却恐结成祸胎

轰动四方的鬼灵渊神之田，无论神鬼之名，只是茫茫南海大洋中一个稍显特异的海渊。

鬼灵渊中整日阴风怒号，黑水盘旋，即便是青天白日也能闻见凄惨的鬼号。因此不唯海中生灵避而远之，便连高翔天宇的海鸟望见海泽中这片阴森深邃的海域，也早早便翩然飞逝，不敢近前。

伯玉登基成为新水侯，在二月二日这天正式向四渎玄灵投降后，负责镇守这片海渊的焱霞关主祸斗神也偕全体族人向新水侯效忠。

刚一称降，他们便被伯玉、龙灵子派来的密使委托了一个特别的任务，便是继续严守鬼灵渊，防止任何人出入——尤其是刚被废黜的水侯孟章。

此外，因旧日一同协防鬼灵渊的吞鬼十二兽神一向颇为顽固，为防他们有异变，伯玉也命相对可靠的焱霞关主秘密监视他们的一举一动。

当然，这些都只是权宜之计。按伯玉、龙灵子的计划，纳降大典完成之后，他们便会派心腹龙军前往鬼灵渊换防。只因现在新降，千头万绪，很多事都不宜立即变动。

因此，当漏网之鱼斗犰神将在二月二日当晚就将旧主劫出时，所有人都被打了个措手不及。意外发生之时，焱霞关主才刚刚接到密令，才刚开始考虑如何调整旧有防御，那位最需防范之人却已倏然到来，神不知鬼不觉，悄然潜入鬼灵渊。

略去这许多慌乱不堪、茫然无觉不提，再说鬼灵深渊中。

鬼灵渊虽被烛幽鬼族尊为"圣灵之渊"，当成他们的圣地禁地，但若问他们圣灵渊中到底有什么，他们大抵又答不出来。

这个问题，有一人却能回答。

倏忽之间，孟章已潜入鬼灵渊深处，轻车熟路地来到深渊垓心。

正如表象下掩藏着截然相反的本质，外面暗黑的海水、奔湍的激流、凄厉的鬼号，到得深入千万仞的渊底已全然消逝。

逝去了那些表象的同时，也逝去了颜色，逝去了动态，逝去了声音，甚至连永不停歇的时光也一同逝去。原本的喧喧嚷嚷、五光十色，到这里全都被忘却。周身外一片空明，仰不见天，俯不着地，恍如天地间一蜉蝣、沧海中一米粟，只能感觉出自己，看不到巨大时空任何边际。

"你来了？"幽远的时空里，忽然传出一声有如叹息的低沉话语。

只不过一瞬间，恍若应声而起，一切凝固的虚无的死寂突然剧烈动荡活泛起来，犹如丽霞缤纷，犹如万马奔腾，犹如千鸟齐鸣，所有凝静如死水的时空突然像走马灯一般在四周鲜活起来，碰撞挤压，熙来攘往，如惊涛骇浪般冲击着感官，直让人嘈杂欲狂！

在静极动极、广极窄极的飞速变幻中，若是换了常人，恐怕早已承受不了这样剧烈的刺激，发狂死去。

不过这样的变动难不住孟章，在懵懵然茫茫然仿佛另一个时空的鬼灵渊深处，他的神智反变得格外空明。

面对着虚空中传来的神谕，孟章泰然回答："是的，我来了！万能的神主,您今天要考验您的臣民什么?"

骄横跋扈的前水侯,此时却如奴仆一样谦恭。

只是,与往日不同,孟章说罢静待回音之时,静极乱极的时空中却一片沉默,仿佛其中从没什么存在过。

压抑的死寂,仿佛猛兽般张开血盆大口,将人一口吞没。在这样苦闷的煎熬中,往日焦急不安的水侯却出奇地镇静,只静静地伫立虚空,虔诚地望向眼前那片虚无。虽然他什么都看不到,但他仍目不斜视,庄严无比。

像这样又沉默了许久,深渊里的天国终于传来他想要的谕示。

"考验?!"神主忽然张狂地放声大笑,先前低沉厚重的声音变得尖声细气,"孟章,今后再无考验! 你已经通过了!"

"什么?!"

听得这个谕示,不知努力了多少年的南海旧主简直不敢相信自己的耳朵!

"是的。你已经通过了。"黑暗中神主千变万化的声音悠然响起,在孟章眼前的黑空中回响连绵,"孟章,现在你便可以出去实现你的想法了。"

"我的想法?"

"是的,你的想法。毁灭这个天地,不是吗?"

"这!"

实际上心意已决的前水侯,当心底最深切的想法被这样直言不讳地挑明时,他雄壮的身躯仍禁不住一阵战栗,讷讷了几声,想要反驳,却什么都没说出来。

"哈哈哈!"

黑暗中再度响起尖厉刺耳的狂笑,如长空落雷般延绵不绝,轰击着皈依子民的耳膜,直达心底! 在这样放肆无忌的笑声中,英武威严的前水侯只如被扔到阳光下的岩洞蝙蝠,惶恐瑟缩,在无底深渊中战战发抖。

"好吧——"

不知是否觉察出他的窘境,黑暗中的声音忽变得柔淡温和,仿佛慈祥的母亲在和子女絮絮耳语:"既然你依旧懵懂,那我来问你两个问题。一是,孟章,渊外这世界中,还有什么人值得你留恋?"

听到这问话,惶恐不安的前水侯忽然平静下来,脑海中一瞬间闪过许多人影,回忆起许多事情。前后只不过迟愣片刻,他心中却仿佛过去了千年的岁月。

其实只是片刻,他憔悴的面容已变得阴冷刚硬,面对空无的神主,波澜不惊地答道:"留恋的……也许曾经有的,现在都没有了!"

"嗯,很好。"

忽远忽近、无所不在的声音勉励了他一句,又继续问道:"另一个问题。孟章,你觉得你曾经做的,即将做的,是善是恶?"

和刚才不同,听到这个问题,孟章思索了片刻,彻底沉默了。

"唉……"幽明中传来一声叹息。

"痴儿,还未醒悟?那便待本神主来点化你。你须知,善恶相对,本无定理。你想那四渎老龙、上清宫小儿,他们的所作所为,特别是对你所做的一切,能称'善'吗?当然也可称善。称他善,你便恶。称他恶,你便善。此善恶之道也!"

"……"

也许深藏心底的那道心结,一直在等待有人开解。听神主一席话语,正是一朝领悟,威躯雄壮的前龙侯竟然手舞足蹈,犹如孩童!

"朝闻道,夕死可也! 我懂了!"

"哈,莫说这不吉利话,死的不会是你!"

冥冥中的眼睛，见前水侯领悟，忽然又像好友良朋一样欣喜说道："孟章！等你行此善事，本神主便与你一同遨游宇宙。到那时，翻手为星云，覆手为日雨，穿梭黑洞，呼啸光年，让你领略什么叫真正的'神灵'！"

"好！"再次沉醉于被灌输已久的美妙图景，孟章此刻正是热血沸腾。

既已下定决心，他便躬身拜伏，诚恳谦卑地请求："既然弟子开悟，诚心实意为神主所驱，那么便请神主您现身，好助我神力！"

……关键时刻，无尽的虚空中又是一片沉寂。

漫长的等待之后，卑躬屈膝的孟章才听到一句带着些戏谑的话语："什么你？什么我？我就是你，你就是我啊！"

"呀……"

一句话宛如晴天霹雳，刹那间落魄的前水侯感觉到天地一齐朝自己逼来。冥冥中起了一些令人恐怖的改变，转瞬间他已脱胎换骨、洗筋伐髓！

"果然一直痴愚，还妄称什么水侯海主。直到今日，才知以前一切都是儿戏！"

当即，孟章便笑了，一扫先前的卑微恐惧，扬眉吐气，睥睨四顾，再也不把眼前的天地放在眼里。于是他手一拂，一个招呼也没有，就此转身离去。

按下这边不提，再说南海龙域。

自孟章逃离，这一夜追兵乱出，侦骑四起，浩大的南海中犹如撒下一张无形的巨网，不放过任何一个可疑的踪迹。

只是如此用心，却几乎没什么真正的战绩。庞大的军队忙碌了一宿，最后却只抓到几百个先前大战中逃遁的南海兵卒。

真要说有什么收获的，还是潜劫囚牢救走孟章的斗犼龙将，被追兵发现后负隅顽抗，伤人无数，最后被万箭射死。

一夜忙碌，转眼便到了曙光初露之时。

到了这时,南海四渎的大本营仍只收到些徒劳无功的消息。于是大海初醒、东方渐白之际,四渎龙君和伯玉水侯仔细斟酌商议之后,决定派现在双方的第一猛将亲自出动,挑拣精兵强将,急往南方鬼灵渊一带仔细搜寻。

之后小言便从短暂的睡眠中被喊起,带着犹自惺忪的睡意,跨上匹雪白的骕骦神驹,带领千军万马穿云破浪,向黯淡阴沉的大海深处进军。

此时天色仍早,晨光熹微,东边的天空只泛出些鱼肚白色。一绺绺的朝云,仍像一支支黑铁铸成的纺锤般悬停在半空,带着周遭一团团阴冷的雾霾,遮蔽着海下努力向上透射的日光。太阳未起之时,横海而过的浩荡晨风吹在脸上竟如三九腊月的寒风一样,吹打得肌肤如同刀割。

此时小言骑在马上,任由晨风扑面,飞浪沾襟,行军之时望望东方天际那些悬浮的黑云,忍不住心中联想:"呵,谁能想到这样阴冷黯淡的黑云,过不得多少工夫就能成为绚丽多姿的彩霞? 要是问我谁是这天地间第一强力的神灵,那肯定得是明照万里的太阳!"

一边马上颠簸,一边浮想联翩,这样走走想想,也没觉着走过多久,小言便听手下斥候报说已走出一百多里。

"这回行军真不慢!"小言暗暗下定决心,"这回我可要寻仔细,不能再让孟章逃脱!"

正这般想着,他却忽然听到身后有人喊他:"小言,小言⋯⋯"

呼声悦耳,听来十分熟悉。小言回头一看,只见身后烟波迷漫的大海上有一叶扁舟破浪而来,舟上二人正是灵漪儿和琼容。

见她们俩赶来,行得近了,小言正要回答,却见木兰之舟上白衣灵漪儿怪道:"小言,这般赶早远行,却不叫我们好好送送。"

"是呀!"灵漪儿说完,舟上淡绿绡衫的小姑娘也随声附和,表达她的不满。

兰舟上两个兴师问罪的女孩,满头青丝犹如瀑布垂洒,被晨风一吹,便缭乱纷扬,飘飞于脸前身后。

显然,灵漪儿和琼容出行仓促,还没来得及细细梳理鬓鬟。

"呵!"

听得灵漪儿话语,知道她们专门赶来相送,小言赶紧离了大队,缓辔行到飞舟近前,跳下马来,挠了挠头,在波涛中跟她们解释:"灵漪儿,琼容,这回我只是去寻人,估计用不了多久。"

"原来如此。"

本来便不是来责难,听到他这理由颇为顺耳,灵漪儿也便不再责怪。

"谢谢你们来送我!"

感谢一声,小言跳上战马,扬鞭遥遥而去。

"等我回来!"

白驹翩然而逝,一声豪气的话语破浪传来。

马蹄踏浪,如溅飞雪。转眼逶迤的大军便疾行而去,在曙色微明的辽阔海天中渐成一线,最后隐没不见,再也看不清楚。

"妹妹,我们回去吧!"

"嗯!只是……灵漪儿姐姐,你真的不准我偷偷跟去吗?"

"是!"

"好吧……"

既已送别,又成功阻止小姑娘跟去,灵漪儿便驱舟而返。

只是,不知何故,回转之时灵漪儿心中总觉有些不安之意。

随着足下兰舟穿波破浪如飞而返,灵漪儿心中这份前所未有的不安感,像东边天上渐渐扩散的晨曦,变得越来越大!

正是:

白浪弄琴瑟，

征衫惹涛烟。

日暮潮初落，

对影忆流年。

第十七章
求卜问卦，别有风波入眼

舟遥遥以轻飏，风飘飘而吹衣，熹微的晨光里，灵漪儿驾着木兰之舟在巨浪飞波中激射而回。

那些漫卷拂天的水浪，丝毫近不得身，一人多高的波浪每及她俩身边，便散碎成无数细小的水花，如晨露般映着东天熹微的日光，在身畔映出一弯淡淡的水虹。

无论风波如何险恶，兰舟如何忽上忽下载沉载浮，一抹淡丽的水霞始终陪伴在她们的身旁。浪不沾襟，水霞缭绕之际，满海的烟波中也只有往来纵横的风息能撩动她们的发丝，将瀑发裙裾吹得缭乱飞飘，飒飒作声。

飞流激渡之际，灵漪儿心底那一份前所未有的不安，便如暴风雨来临前天边的阴云一样，越延越大，转眼一片暗黑的阴影便投满心田，让她六神无主、忐忑不安。

莫名其妙地忧心之时，不免留意不到一些外物。正心中忐忑，灵漪儿忽听身边琼容叫她："姐姐你看！"

小姑娘一声呼叫，这才把灵漪儿从胡思乱想中拉回。

顺着琼容回身所指的方向，灵漪儿惊异地发现，南边的清晨云空里，不知何时已布满成千上万的鸥鸟。

或白或灰或黑的海天羽族,正在残夜未褪的云空中翱翔飞舞,不停地聚散离合。鸟群密密麻麻聚散云空之际,原本微黯少云的南天忽如布上几片变幻无定的巨大阴云,如同黑幕一般。

举目遥望之时,不过片刻工夫,无数鸥鸟聚合成的阴云已向这边移近,虽然距离还远,但灵漪儿神眸凝视之时,已看得无比清晰。

这一瞧,她便更加惊异。

按她的经验,海天的鸥鸟即使这样密集飞行,也应该悠然飞翔,翩行无碍,但现在自己仔细观看,发现本应姿态优雅的海鸥却身形慌乱,飞行中无数鸥鸟翅翼不断碰撞,不时有鸥鸟落下,如雨点般摔落云空。

很显然,那些飞起的鸟群绝不是寻常地在清晨出巢觅食。

看样子,它们应是受了什么惊吓。那边会有什么惊吓呢?不太可能是小言。

他们此行出去搜捕孟章,唯恐打草惊蛇,只会蹑足潜踪,绝不可能搅起这么大的声势。

看样子,倒像是海啸地震来临前鸟类们异常的感应。

想到这里,原本心乱如麻的灵漪儿倒稍稍安慰。虽然依旧蹙着娥眉,但已专心于驱驰一叶扁舟,载着她和琼容直往四渎大营归去。

只是,这一回,她和琼容两人都没注意到的是,在四外横奔飞溅的海浪之中,已悄悄蒸腾起一层薄薄的水雾。

那水雾,仿佛一锅刚刚开始被加热的汤,氤氲着若有若无的蒸汽。而此时旭日已经升空,东天上的流云被照得通红,留心看过去,整个东天就似火热的炭炉内壁,闪耀着炙热的火焰。

似乎所有这一切都在跟天地间的生灵无言地昭示,今天,是极不寻常的一日。

等赶回神怒群礁外的四渎大营,忧心忡忡的灵漪儿已无心回自己寝帐中补觉。

等小舟在栈桥码头上靠定,她便拉着琼容一起跳上四渎铺设在海上的栈桥,一路白裙飘飘迤逦而行,急赶到中军大帐中。

一进大帐帅营,灵漪儿便感到气氛前所未有地凝重。抬头看去,自己的爷爷正高踞大帐北面正中,旁边伯玉水侯设座相陪。大帐之下众水臣灵将依次环列,个个表情肃穆,一齐看向大帐北面中央的四渎龙君。

这天一大早,云中君便和灵漪儿现在的心情一样,忧心忡忡,坐卧不宁。他这七上八下的忧心,即使命令似乎战无不胜的小言前去追捕孟章之后,仍然没能完全消失。

和灵漪儿的直觉不同,云中君从今天一大早便开始运用自己几千年来学到的所有占卜预测之术,占卜今日之事的吉凶祸福。

结果,所有的结果无一例外地表明:今日,乃大凶之日;今人,乃大凶之人;今事,乃大凶之劫!

见得这样的结果,夙性旷达却又禀于公义的龙君,真希望自己四海闻名的卜测神术不要那么准确,可惜他实在不能骗自己,他的龙王神算,那可是算无遗策。

于是他头上的汗滴滴答答落个不停,几乎持续了半个时辰。在帐下那些屏息凝神引颈观看的臣子看来,相比龙君手中凶兆连连的占卜,龙君现在这样惊惶难看的脸色,才最让人心惊!

因此,当灵漪儿和琼容携手闯进大帐之时,没一个人转脸看她们。一向在人前严厉的龙君,这回也没怪灵漪儿冒失。

众目睽睽之下,所有人的目光都集中在龙君手中最后一个占卜项目:龟甲炙卦。

龟甲炙卦,先在精心挑选的龟鼍甲壳上刻上自己想问的事情,再用特殊的香草熏炙燃灼,等龟甲开裂后察看甲上裂成的纹路,以确定凶吉祸福。

听起来龟甲占卜煞有介事,在人间也颇为流行,但和龙君之前许多鬼神莫测的占卜神术一比,实在不值一提。

只不过现在事情紧急,云中君也有点病急乱投医,只好倾自己一切所能,看看能不能努力占出个"吉"来!

只是,愿望很美好,结果往往很不幸。灵漪儿跑进大帐时,即使云中君已经烤过十来个千里挑一的龟甲,并不断修改润色龟甲上预刻的卜辞,最后烧炙时还换过好几回用作燃料的通灵花草,得到的却始终还是凶兆。

于是,当孙女灵漪儿闯进时,旁边跟着进来的小姑娘看到往日乌发童颜的老龙君,便惊奇地发现他以前红润的脸已经变成乌青之色,显是十分难过。

见这样,琼容不由得跟着难过,探头看了看散落一地的龟甲碎片,琼容便扬起小脸,有些好奇地问龙君道:"龙君老爷爷,你烧这些龟壳做什么呀?"

"占卦。"

饶是平日十分喜爱这天真的小女娃,此刻云中君也没什么心情仔细作答。头也不抬地简短回答一句,便继续关注手中那片青色光润的鼍甲。

"噢!占卦啊!"

琼容听得龙君回答,觉得十分新奇,心里嘀咕道:"原来龟壳还可以算卦!以前哥哥只告诉我,捡到龟壳,不能弄坏,要交给他拿去药店换好吃的——哎呀!"

哥哥的教诲回忆到这里,琼容再看碎了一地的龟壳便觉得很是心疼。

同时她也更加好奇,便跟龙君爷爷追问了一句:"原来龟壳可以算卦呀……那龙君爷爷,怎么才能知道是好卦还是坏卦呢?"

"哈!"

许是小姑娘出谷雏莺般娇昵的嗓音冲淡了云中君心头的阴翳,听得琼容再次相问,云中君也和缓了颜色,抬起头,定定神,笑眯眯地跟小姑娘解释:"琼容小娃儿,你可不知道,这龟甲炙卦学问可大着哩!"

看了琼容一眼,云中君觉得说多了她也不会懂,便简短说道:"琼容你看地上这些龟壳,若是上面烧焦裂开的花纹不规则,很杂乱,便是凶兆,是'坏卦';如果裂得很整齐很好看呢,那就是吉兆,是'好卦'!"

"这样啊!"

听了龙君解释,琼容忽然忘了大帐内的气氛,赶忙跑去地上检视那些龟壳。等蹲在地上挪着检查了一圈,她便惊呼道:"原来都是坏卦呀!"

此言一出,满帐众人更是心情沮丧。

"唉! 谁说不是呢。"云中君接言,重重叹了口气,和满帐众将一样心情变得更加沉重。

"那……"

再说琼容,看着四周那些叔叔伯伯凝重的神色,再看看龙君老爷爷难过的样子,她也有些伤心,便眨巴眨巴眼,劝道:"老爷爷,以前算的可能都不准,你再算一次吧!"

"好的。"听得小姑娘鼓励,云中君有气无力地回答一声。

说话之时,他偶尔抬眼瞧了瞧小女娃俏若春花的嫩脸,还有那双灿若星辰的眸子,一时忽觉自己干坐在这儿拼命算卦,十分可笑。

"奇怪,今儿个自己是怎么了? 怎变得如此拖延误事!"

对上琼容那明亮无私的眼神,云中君忽如醍醐灌顶,想起自己今日一早便有些心绪失常,也不知被什么影响了,没来由便变得如此落寞低沉。

察觉到这点,云中君便一边提起精神,一边发动掌中神火,点燃香草,开始专心熏烤起手中那片青色甲片来。

无论如何,这是最后一卦了。之后他就得点兵派将,做好一切应对大敌的准备!

只不过一小炷香工夫,寂静无声的大帐中便突然响起一声清脆的裂响:"啪!"

一听响动,所有凝神关注的将领全都定睛朝云中君手中那片龟甲看去——

"这是……"

云中君看着手中破裂的甲壳花纹,一时竟有些呆怔。

"老爷爷,你快看看是不是好卦!"

"嗯。看着哪。"

映入云中君眼帘的龟裂图案,是一个不大不小的圆圈,当中一根长线穿插而过。这是什么?

"是拨浪鼓?"

云中君摇摇头,因为他忽又看到裂纹圆圈上面还挨着一个稍微小一些的圆环,只不过纹路比较浅一些,他刚才心神不定便没看清。

"还是竹签穿的泥阿福小娃娃?"

走南闯北没少游戏人间的云中君,竟一时看得出神。

"不对不对。"

再仔细看看,云中君又摇摇头,否定了刚才的答案。这会儿一阵细看,他发现长线圆圈上方还套着更多的小圆环。这么一来,云中君不由脱口说出答案:"是糖葫芦!"

"答对了!"云中君话音刚落,大帐中便应声响起一声清脆而欢快的赞许!

"呃……"听得这回答，云中君一时哭笑不得。

"原来是她啊！那这卦……"

原来，卜卦全凭天意，若掺了人力，便作不得准了。

只是，知道了真相依旧忧心忡忡之际，乌发苍颜的云中君看了一眼喜笑颜开的小姑娘，心中却想道："也未必不是吉兆。"

心中找到一点安慰，云中君再也不虑其他，将手中龟甲抛掷于地，大喝一声："升帐!"

且不说这边如何号令点将，大约就在半炷香工夫之后，龙域之南的浩瀚烟波中，却有一个灵巧的身影奔飞如电，在骇浪惊涛中飞掷跳跃向南穿梭，如履平地。

大约奔出数百里，闷头赶路的小姑娘正自得意，却忽然听到一声喊话："琼容？是你吗?"

"嗯!"小姑娘想也不想便回答，也想不到要停下，依旧闷头向前，直到一头撞到那个喊话之人身上。

"哎呀，我着急赶路，不要挡我呀!"

埋怨一句，小姑娘退后两步，揉揉撞痛的额头，抬起头一看，顿时惊慌失措。

看清来人，再看看他身后许多四散的兵马，琼容大惊道："哥哥啊！我只不过是偷偷跟来，你怎么就领这么多人回来捉我!"

第十八章
云霞争变，尽是血脉朱颜

兵者，凶器也；战者，危事也。兵战之地，立尸之所。

——佚名

琼容又和往日一样，想偷溜去跟哥哥并肩作战，中途被小言撞见，还以为他是特地回来抓她的。

等缓过神来，天真的小姑娘也觉出事情有些异常。朝夕相处她自然知道，面前这位堂主哥哥，多少回出生入死几乎都面不改色，这回脸色却是异常苍白，神情沮丧，口里气喘吁吁，身上盔歪甲斜，狼狈不堪。

"鬼灵渊异变，快跟我回去报信！"

此时此刻，即使撞见了琼容，小言也只说了一句，便将琼容环臂抱住，策动胯下骕骦风神马急急朝北边的四渎大营奔去。

在他身后，那些妖兵神将也半云半雾地朝北面溃回。

区区数百里距离，转瞬即至。但就在他们就差几步便奔入四渎大营中时，天地之间已是风云突变！

说起来，知事至今，多少回风云变色，天地异象，其实也只不过是置身之地方圆十里百里之间的异常。目力不及,便谓天地剧变,乾坤倒转。

但这回不一样,烟波百万里无边无涯的南海,忽然间仿佛整个海洋和穹庐全都移转,宇宙鸿蒙颠倒了模样,昼夜转移,日月轮换,以往熟悉的世界突然变幻成陌生的模样。

原本光线清白的清晨,忽然间变成了阴森的黑夜;原本旭日初升染出的半天丽霞,突然幻成漫天的流火,如炭炉倾泻。红炭流离,烈焰四射,衬上漆黑的背景,显得格外凶恶。

东天初升的太阳早已隐去,西边残留的月牙也不见踪影,只留下无边的火霾与黑暗。

所有的一切,都好像发生在同一时刻。

一点炽烈的火光,从大海东南那边的阴森魔渊中生发,游离过奔腾百丈的惊涛骇浪,在金焰百里的浮城大营中肆虐蔓延,顷刻间就将祸斗火族雄丽的连营化为灰烬。

多少壮志满胸神焰熠熠的火族战灵,同他们的族长祸斗神一样,被引发了心中原本操控自如的火苗,在新生雄主邪魔弹指之间便燃起了不能自控的熊熊大火,身躯转瞬化为乌有,变成缕缕灰烬烟云。

之后金焰连城的祸斗遗光,又同点着魔火,燃烧成更大的火场,越燃越阔,越烧越广,不多时广袤的海洋便烧成了一锅滚沸的热汤,天地间仿佛只剩下两样东西:一半是火焰,一半是海洋。

只不过片刻工夫,黑空、诡霞、凶焰、祸水,已不动声色地将半个世界吞下。

违反常理的静寂之中,只有一声放肆的大笑忽从海渊前响起,越过波涛火浪,越响越大,越升越高,最终呼啸成一连串滚滚的风雷,震撼乾坤,摇动云空。

到这时,已不用小言详细禀告,那些四渎的南海的君臣便知道发生了何事。

虽然不清楚细节,但面对异象,众人皆已知晓:四渎云中君千方百计不惜动用刀兵抑制的深渊恶魔浠紊,已经再次降临人世!

明白这点之后,各种各样的防御便被紧急建立。

神力广大的海神灵将们各自施展压箱底的神术,广布防御,风关,雪障,木寨,光幔,极尽所能地将自己附近法力低微的战友保护在内。

这时小言跟大家一样运用起本门的护身法术旭耀煊华诀,形成一道透明的光膜,如清水般荡漾在上清宫子弟、玄族妖灵之上,协助他们抵御即将到来的未知攻击。

大难来临之际,那些没什么法术的战士,也各自握紧手中的武器,心情忐忑地等待即将到来的攻击。

这个时刻,面对着眼前前所未有的诡异天地,除了少数悍勇莽撞到没心没肺的猛兽妖灵,几乎所有法力低微的战士都知道,在这样超越常理的诡变面前,自己很可能连还手的机会都等不到。

之后的事实证明,他们是对的。

其实,发生这许多变化,也只不过是眨眼工夫。诡境降临,面对蔓延而至的海焰,南海龙域这些人刚刚来得及摆出防御的姿势,第一轮真正的攻击便接踵而至。

伴随着远方只闻其声不见其人的放肆笑声,众人头顶有如红炭热火的诡秘云空中忽然飞来无数巨大的陨石,燃着熊熊的烈焰,带着尖厉的啸音,如雨点般落下。

恐怖的天外石雨,言语难以描述。只知道身临其中,眼见许多大如山丘小如磨盘的黑红陨石像暴风骤雨般密集落来之时,就好像看到天上繁星一齐陨落,想将这世界转瞬砸没。

面对这样可怖的情景,许多往日厮杀肉搏悍勇无比的水族、妖族战士,还没等陨石真正砸到,肝胆便被吓破,如同面粉口袋般软塌倒下,尸体沉入已渐滚烫的海水中。

不过,出乎众人意料,这些从天外飞来陨落如雨的巨石,第一回攻击的目标并不是这些战士,而是那片昨天刚刚浮出水面的南海龙族宫殿群。

火云星空之下,呼啸而来的陨星雨点般落在楼阁连绵的白玉宫殿中,就好像沉重的铁锤砸在精美而脆弱的玉器上,这些美轮美奂的南海宫殿瞬间如同蛋壳般碎裂。

费了千百年时间从四海之内不断搜集堆砌的珍奇玉石,不到片刻工夫就被砸成破碎的渣滓,其中还流出殷红的鲜血!

此时此际,白玉宫殿中,无论是数以千百计的海吏文臣还是成千上万的彩女宫娥,都毫无逃命的机会。

对他们中很多人而言,甚至连屋外发生了什么都不知道,就被突如其来的灾难击中,血肉之躯瞬间被挤压到废墟之中。

海水变成赤红,无数炽热的陨星落在其中,激起冲天的热浪白烟。原本清明澄澈的南海龙域,变成了一锅滚烫的热米粥,沸开了锅,翻腾着无数的水泡,咕嘟嘟响着让人惊心动魄的声音。

见得这样的情景,虽然陨石没落到自己头上,龙域附近严阵以待的将帅士兵也个个心惊,不知如果这样的攻击再度打来,落到自己头上,还能不能有机会逃得性命。

一轮攻击刚过,很快又一轮攻击袭来。无数陨石从天而落,好似烧红的炭石,飞蝗一般朝小言这边的军阵砸来。

不过这一回,虽然流星依然迅猛,但因有了刚才的前车之鉴,小言他们总算有了些预警反应。在几乎旋踵而至的攻击中，小言身边军阵中飞起无数光华，不论飞剑飞叉，还是声势煊赫的法术神光，全都飞串交织在一起，如同一张密集的大网，希图阻止无坚不摧的陨石落下。

就好像火烧山林，风袭沙漠，奋力飞起的武器神华与陨石流星一相交接，火热而黑暗的云天下便响起震耳欲聋的轰鸣。如许多将士期待的一样，天上不少巨大的陨石被击得粉碎，无数的碎石带着火光如扑火飞蛾般落下，被他们轻易抵挡。

只是，头顶上这些不知由什么力量驱动、也不知从何处而来的陨石星群实在太过密集，即使部分被击碎，大都还是落在下方的军阵中。

到了这种时候，哪怕是再骁勇的战士，也没了分毫列阵抵抗的心思。许多心胆俱失却还算敏捷的战士在陨石落到头顶之前，立即潜入海中，希望能逃过一劫。

只是，这样的算盘竟也打错了——不知何时海水已经热得超过身体能够承受的限度，大多谙熟水性的战士在潜到冰凉海水深度之前，身躯早已被煮熟！

于是，这些人中的大部分又被逼回热雾腾腾的海面。一时间，在雷霆万钧的天外陨石面前，南海、四渎还有玄灵的将士仿佛都成了砧板上的鱼肉，任人宰割。

不过，这轮攻击过后，虽然伤亡惨重，但云中君他们仍从惨况中迅速总结出几点经验。

一是这些闪耀着奇异红光的陨石极难击毁。就如刚才那轮抵御，几乎耗了己方几乎全部的神力，却只击碎不到百来个陨石。

这么看来，要从几乎无可抵挡的陨石流雨中逃过一劫，只剩下两个办法。一个方法是努力闪避，避免被巨石直接砸中，这样最多只是被流火灼伤，并无大碍。

但这一点显然说起来容易，做起来难。剩下的一个方法便是，躲到张小言发起的光明护膜之下！

原来，就在刚才天劫一般的攻击之下，云中君等人发现，虽然自己布下的防御也小有作用，但如同以力拒力，面对那些闪着奇光不知加速几千几万里的陨石流星，仍然力不从心。即使勉强挡住，往往也搞得自己口吐鲜血，大伤元气。相对他们这般狼狈，上清宫少年布展的明色光膜，效果便截然不同！

也不知方圆数里的光膜中蕴含着什么神奇的力量，无论多么凶猛迅速的陨石，碰到这层光膜也如汤沃雪。无数迅猛的陨石转瞬便已烟消云散，只在清亮明透的光膜上撞成无数美丽的烟花，爆发出的能量只不过让光膜荡起无数波纹，如春水涟漪一样。

危急时刻，见得这样，不用多说，顿时大部分将士都朝那片神奇的光膜下聚集。小言虽然不明白自己的法术为什么会有这样的效用，但立即竭尽所能，将体内那股修炼多时的太华流水驱动得如江河流转，澎湃绵长，尽力将旭耀煊华诀生成的光膜向八方延展，庇护更多的生灵。

只不过片刻之后，龙域附近数十里方圆内的海域，全都被笼罩在这片水色流波的明光之下！

第三次流星火雨铺天盖地而来之时，和刚才一样，竟也只在那片云光水波一般荡漾的光膜上绽放成无数的焰火，便褪去了凶残的颜色，变成五彩缤纷的烟花，将海域照耀得五彩斑斓，却没造成任何伤亡。

"这……"

在这样流光耀彩的"海景"之中，张小言此时心无旁骛，只顾顺心随意，神出阴阳变化之间，思入有为无为之际，将自己迄今所有感悟到的本事发挥到极致，保护着这些与自己并肩作战多时的战友尊长不受荼毒。

于是,不知不觉间这片已是火焰沸腾的海面上便出现这样的奇景:如同沙漠里一片绿洲,烈焰飞腾的海水火场中铺展开一块广阔浩大的明色光膜,方圆数十里,光润滑洁,如水波般清澄明澈,随风起伏。

蕴含着无边活力的水色光膜之下,隐藏着无数生灵,隐隐约约,尽皆看不清面目。平滑的光膜上,只有一位面目清俊的少年突兀其中,于漫天风火烟光中抱剑闭目,不动声色,仿佛一位正在静室打坐的道子。

话说到了这时候,虽然张小言神色依然亲切,心态仍旧平和,就如同这许多年一路走来万事随缘,并未强求什么,但冥冥之中或许真有奇缘,让他在邪魔当道天翻地覆的时刻当了一回救世主。

当他全神贯注静穆之际,天外烟焰横流阴云四合的浩渺苍穹中,忽然响起一个既熟悉又陌生的声音,叹道:"唉,早知此处天地间英雄人物,唯你我二人而已!"

这声音,乍听洪亮浑厚,悠久绵长,细细回味时,却猛觉阴风飒飒,无比刺耳!

当话音在云空间落定,刹那之后便见天边云焰流动,顷刻间搅成一个巨大的旋涡。阴云流火搅成的旋涡,黑红相间,泾渭分明,形色前所未见,从海上仰头看去就如同传说中魔王的鬼脸。

云空中的叹息完全消逝后,旋涡深处忽然飞起无数黑点,初时只如蚊蝇大小,转瞬越飞越近,等渐渐看清之时,辨出正是无数的恶龙。虽然形状与这片大地海洋中的蛟龙相似,但在漆黑的鳞甲爪牙间袒露的眼眸,却如同炙热的岩浆红炭一样,闪动着残忍狂暴的眼神。

千百条身形伟巨的猛龙,从穹宇深处升起,如先前的流星雨一般密集着阵形,张牙舞爪,带着前所未知的死亡气息,朝孤身在外只顾防守的小言飞来!

第十九章
沧海几番覆，人尚醉春风

　　从什么时候开始变成这样的呢？烟柳茶楼、石桥小巷，似乎自己原本应该生活在这些地方。即使遭人欺压，还可以还击，或暗中捣蛋，或明里打架，最多不过是把布衣在烟尘中滚烂。

　　何时竟要自己独当一面？上对着飞龙万条魔氛万丈，下庇着百千妖神亿万生灵。

　　其实自己真不想这样，被杀固非所愿，杀人亦非所乐。混迹尘世躲在强力高位者后面混口饭吃，才是自己从未改变的志愿与习惯……

　　只是一句"情势所逼"，今日自己这个胸无大志的四海堂堂主便被推到了众人之前；电光石火间千变万化，自己还来不及清醒过来，便被留下独对漫天的龙蛇。

　　猛龙飞来，虽然身在数千里外，但那股鳞爪带起的强劲气流已逼到身上。

　　飞龙在天，海上这片水样的大光明盾已经被旋流吹得动荡不安，发出呼呼的声响。这时候谁也不敢肯定，当这些有灵性的凶物扑到透明光盾上时，会不会也像那些陨石那样爆成无害的碎片。只有试过才知道，只是有可能付出无法承受的代价。

如蝗灾一样的龙群从南天的深处飞来，越飞越近，当接近到只有几百里的距离时，突然放慢了速度，雄硕的龙身开始在天空盘旋。

"云从龙，风从虎"，凶恶的黑龙蓄势之时，盘转的龙身带起无数的云朵，一起高速回旋成诡异的旋涡。

龙借云势，云助龙威，转眼狂暴的恶龙便攒起足够的威势，张大的利爪之中闪起各色惊心动魄的光芒。

须臾间天空中万龙齐发，从海上看去竟如天空突然塌下！

如果它们以这样的架势扑到近前，用不着什么试验便能猜到是什么结果。不过，正当众人绝望时，光怪陆离的天空之中却突然起了些变化。

在天南某处，突然闪耀起灿烂的白光。白色的光华之中无数根粗大的水索冲天而起，连通天地，密密匝匝有如栅柱。

许多气势汹汹的猛龙一头撞到水索之上，就像鱼儿入了网。那些水索看似柔弱绵软，富有弹性，聚集在一起却能将猛龙羁縻在内。越是挣扎，水索勒得越狠，转眼南边天空中便凭空吊起千百条恶龙，无论它们怎么在半空扑腾挣扎，却始终不得脱难！

饶是如此，突如其来密密匝匝的水索也只困住了少数魔龙。大多数魔龙依旧从天而降，裹挟着万里的风云朝小言这边扑来。几乎就在水索遍布的同时，天边更南之处突然有无数的应龙升空，每对龙翼之间的龙背上都端坐着一个武士，握斧执锤。

这些跨龙飞腾的武士，服色各异。不少人穿着如血样猩红的精锐盔甲，看起来整齐划一，更多的却只是穿着简单的皮裙，只顾挥舞着巨斧铁锤狂呼乱喝着朝天空中的恶龙杀去！

战争之势，如火如荼，紧急之时敌我间不可能讨敌骂阵，甚至连友军之间也没时间互相联络。

那些通天达海、暗藏杀机的水索，正是冥雨之乡中三千雨师的助力。

天地如此异变，这些修炼动辄千百年的雨师云神如何不知发生了何事。面对天塌海沸的异状，他们当然不能置身事外。当即在雨乡主人的一声号令之下，数百年从没集体出手过的三千雨师齐立冥雨乡中，遍身云遮雾绕，衣冠胜雪，口中齐声咏唱兴云布雨的神咒。只不过须臾之间，便布下刚才这锁龙夺魄的大阵，羁縻那些天外的魔龙。

与此同时，大海西南专门羁押囚犯的神狱群岛，岛主晦芒见天地异变情势不妙，当机立断释放了岛上所有羁押的罪囚。

不仅释放，他还打开武器库，给这些昔日的悍勇之徒发放武器皮甲，简单说明了情况，又许下许多事后的丰厚承诺，便让岛上三万血狱军半冲锋半监督着这些罪囚一起冲上云空。

有雨师出手相阻，再加上实力完整的神狱群岛倾巢出动，气势汹汹的魔龙大阵竟一时被阻住。

晦暗沉重的天空上光影幢幢，水索触及不到的地方众人奋力和巨龙搏斗。

无论在数量上还是力量上，这样的混战远谈不上势均力敌。大部分恶龙绕过喊杀震天的对战之所继续朝目标飞扑。

这时，虽然天空中不再只有单调的黑红两色，已经充斥着恶龙爪中萦绕的魔光、抵抗者们五颜六色的法术刀华。只是，即使所有这些绚烂的光辉缭绕在一起，无论是幽碧还是亮蓝，仍显得十分阴郁。在这样压抑的斑斓中，似乎再没有什么能阻挡那些张牙舞爪的巨龙向小言扑近。

魔龙越来越近，五爪之中的妖焰越来越红，众人皆见。只是间隙之中流星火雨依旧袭来，旭耀煊华诀庇佑下的众人依然束手无策。

再说小言。当他的脸颊被龙爪魔光映得越来越亮时，他终于在维持法诀之余聚集起足够的力量，开始作法抵御。须臾间他头顶上浩大的天空中便有千万条雪亮的冰线纵横交错，如飞蹿的闪电划空而过。

冰线顶端的冰尖犀利锋锐，无坚不摧，漫天交织时在那些飞舞的魔龙鳞甲间钻隙而过，带起一蓬蓬的血肉。片刻后这笔直交错的雪线冰弦间，又飞舞起千百朵晶莹剔透的五瓣梅朵，如能视物般专朝魔龙要害之处击打。顷刻间便有许多魔龙眼球被击碎，身体被洞穿，一条条哀鸣着坠落云空。

一时间，飞穿而过的笔直冰弦在空中凝固，朵朵冰梅穿梭其间，如落花般漫天飞舞，似乎以天穹为背景，构筑成一幅优雅无比的天地画图。这样气势磅礴的冰冷画图中，不仅魔焰熏天的云空重新冷却，还凝固住魔龙迅雷一般的攻势。

这样的法术，其实小言从没学过，但对现在的他而言，随心所欲发出这样交织海天的冰弦雪朵，已是顺理成章之事。

到了此时，在冥雨师、龙狱军和张小言三重阻截之下，那些汹汹而来的魔龙飞到近前时已所剩无几。

少数的剩余的魔龙刚要冲下攻击，便已被小言祭起的瑶光封神剑斩断。

也不知是否被天边那股强烈的暴戾之气刺激，这把神机难测的古剑此时显得格外兴奋，如游龙般一闪而过，等下方众人看清时空中已魔氛一扫而空，一龙都没有了。

"哼！"

眼见这一情形，天穹外层层乌云背后那人十分意外。

迟愣片刻，心中忖道："罢了，虽然下面此人跟我多有仇怨，也无暇戏弄了。唉，略去那点微不足道的私怨，此处大地海洋曾囚过神主，必须尽快毁灭。嗯，还是早些了事，早些追随神主游历茫茫宇宙去为好！"

计议已定，如今已是脱胎换骨的孟章立在云端，威风凛凛地大吼一声，如同在半天打下个惊雷，双手一振，便有一个紫电凝成的光团从天而降，直朝仰面看天的小言击去。

打下的光团，其中紫电激闪，虽然不大，只有蹴鞠大小，但自孟章手中刚一凝成，却霎时照亮整个苍穹。原本光华缤纷的海天，刹那间所有景物都被染上一层幽幽的暗紫。

"哈哈！张小言，接好！"

现在孟章继承了渝紊衣钵，已贯通了宇宙混乱本源之理。此时他明白无误地知道张小言的处境。

虽然不知为何张小言那个奇怪的光气，竟能抵消自己附加在陨石魔龙身上倍增威力的惑乱阴恶之气，但到了这个时候，他无论如何也该油干灯尽了。只要将这个蕴满惑乱紫气的电球打到他面前，即使没有多少力量，也该能将他炸得粉碎。

孟章这如意算盘，打得确实不错。小言现在的处境，的确和他感应到的差不多。

虽然，几年来持之以恒地修炼，小言体内四筋八骸中蕴藏的太华流水浩阔空灵，其壮大程度已超过他身边所有人的想象，这回却已消耗殆尽。

刚才那些陨石砸在太华道力维系的光膜上，虽然看起来如汤沃雪，澌然而灭，似乎十分轻易，但实际却消耗了他大量道力。

每当一颗陨星爆裂崩碎，小言体内道力便减去一分，更何况为了抵挡漫天而来的魔龙，他又分出许多力量去催生横贯天海的梅雪冰弦……

为什么朵朵击杀魔龙的冰花呈五瓣梅花之形，正是因为小言知道大势已去，再用这样的方式给心中那个未了的心愿一个交代。

紫电光团如月落九天般从云端飞落，朝小言电射而至。虽然所有人都知道它打实之后意味着什么，也有心奉献自己的血肉之躯为小言抵挡，保留最后的希望，却因紫色电团来得实在太快，在他们来得及这般决定之前，一切都已经发生了。

"轰！"

一声惊天巨响，眼前紫光大盛，和预想的一样。

只是……为什么紫电爆裂时耀人眼目的电光中，还有一丝银色的闪光？当许多人还在琢磨这事时，刚刚化作龙形又瞬即被打回人样的女孩，已倒在她欲保护之人怀中……

也许真如世间所言，在人死去之前，或是遭逢剧变之际，时间会变慢，那许多年前早已忘记的往事会如潮水般涌到眼前。

小言现在觉得这个说法很对。鄱阳湖边夺笛，烟湖水底同游，客店之内捉贼，云海之上飞槎，一桩桩一件件或大或小的往事，瞬间涌到他眼前。

抱着怀中渐冷的灵漪儿，小言突然发现，其实自己才是天底下第一的坏人，有些事情总也想不明白，直到事情发生时才终于分明。

原来……原来她一直都当自己是生死之交，而自己却为什么所谓的出身高低、神人之别始终迟疑。无论是否出于自己的本意，自己在两人相处时都固执着某种奇怪的矜持。当往事在眼前乍然呈现，小言突然看清，原来一直都是这个女孩在处处、时时呵护着两人间的友情。

心慌意乱、浪打心潮之时，眼角的余光又看到了远处正在发生的事。

昏暗云空里，一个烈焰飞腾的火团正如疾兔般扑到云天上那团乱云中。只是，只不过这一瞥的工夫，就听得啪的一声巨响，娇小的身形烟冷焰灭，从云天坠下，落到火海烟波中，无影无形。

"琼容？"

这时，云后的魔王并不待任何喘息，凄厉的呼啸声中又是一阵光色怪异的流星冷雨冰雹般落下。

看前后几次攻击的差别，显然孟章已找到了制胜之机。

只是……

"痴哉……"

面对暴雨般须臾即至的攻击，伫立海空的小言忽然叹息一声，将灵漪儿放下，又撤去保护众人的光膜，转瞬间褪去明光锐甲，身上只留青衫一袭。

纵欲怀情，

如梦如迷。

生来死去，

循环万劫。

在八方袭来的海风热潮中，小言只轻轻吟了四句。

似乎自言自语的吟诵，却仿佛耳边炸响的惊雷，在此刻天地间所有生灵心底回荡不绝。

在这句似偈非偈、似咒非咒的吟诵声里，身外的乾坤忽然起了些奇怪的变化。只是这变化，所有置身其中的生灵竟毫不知觉。

大约是清晨枝头的露珠，从叶边脱离后掉落土中的时间吧，天地间的一切都变得十分奇异。

且不说南天大海深处这片风云异色的修罗杀场，只说风和日丽的中土大地。

在这一瞬间，忽然枝头掉落的露水重新回到了叶上，地上破碎的瓷盏重新变回了原样，奔驰的骏马朝后倒退，播撒下去的麦种又回到老农手中，刚被劫匪砍开的伤口瞬间愈合，苦主疼出的眼泪倒飞回眼眶！

如此奇景，境中的人物各个不知，只冥冥中有双超越时空的眼睛才能看清，在这一瞬间，时光倒流了！

于是，孟章手边飞落的光雹又回到云空，刚刚蔑声大笑张开的大口又合上。

所有事物都在回归原状，只除了一样。

随着光雹幻影逆云而上，青衫少年却没留在原处倒背那句吟诵。

万丈云空下，小言手中那把古剑突然发出一阵耀眼的白光，随着小言轻轻一挥，便已将似乎永远不会分离的时空割裂。

于是就在时光倒流、所有人无法自控只能倒回之前的瞬间，对于少年来说，时和空、宇和宙不再是一个密不可分的整体。

对于他而言，这一刻和那一刻，再没有先后之分，同样，此处和彼处也没了哪怕分毫的距离。转瞬即逝的片段中，对他而言只剩了因和果，或者果和因。

于是，他眉毛一扬，想要立在孟章面前时，便立在了孟章面前。

此刻时光又被切割成无限个微小的碎片，对他来说，那一刹那已成了永恒。

于是小言慢条斯理地观察了一下对面定格的恶魔，不紧不慢地侦测了几遍，直到在无数个无限小的时光碎片的最后几个区间里，才举起手中已变得如太阳般灿烂的封神剑，对准万恶之源的左肩头刺下去——

剑落之时，孟章肩头覆着的明黄袍甲下，突然发出一声无法辨别的尖锐嘶鸣，然后便有一团形状变幻的黑雾从孟章身躯飘离，丧家犬般哀鸣着朝天外飞去。

如电光般飞蹿的黑雾也不知逃过几百万亿里，黑霾中迷蒙阴影的核心忽然闪出一道金色的徽纹，立时将它钉入一颗路过的星辰！

当然对于此刻而言,这些都是后话了。浔萦神主被封神剑封落在某个星辰,恐怕是许多年之后了。

再说现在。当孟章左肩暗藏的神主大人遇着瑶光剑仓惶逃跑后,一心追随的昔日水侯顿时如泄了气的皮球,失去了所有强大的力量,呼一声掉落云空,仰面摔在海波之中!

到了这一刻,忽然满天的阴霾全都散去,所有因孟章而起的一切全都消逝。才不过刹那之后,辽阔大海上便已晴空万里,阳光灿烂。

当然,此事到此并未结束。

运用奇法之后,等一切重又恢复正常,看到孟章从云端摔下,小言当即仗剑追下。等他落到海波之中立在孟章面前,高举剑器正要一剑刺下时,却只觉得身后的南天忽又起了些连自己也惊讶的变化。

等他转身,小言便见万里晴空下碧波之间,忽然间大放光华。起初还只是正常的白日之光,到后来却越变越亮,伴随着哗一声水响,忽然如同一轮金色的骄阳从碧波中浴水而出,光芒强烈得让他只能半眯着眼睛看。

"咦?那是……"

拼着刚才天地往生劫后还残余的一点力量,小言凝目望去,却见笼罩的烈光中其实有一位身姿顾秀的女子,正从碧浪烟涛中冉冉升起。

等她完全立在海面后,虽然离得这么远,仍可看出她几乎有自己三四个高,静静立在海波之间。

对面忽然出水、不知来历的女神身材顾伟,若是靠近了恐怕自己还得仰着头看,但仍觉得她无比婀娜姣丽。

看她脸上,宛若灵花丽日,身上则披着冰琚藻裙,刚出水时还有些碧水流离。粗略打量一番再细细看她脸上神色,只觉得虽然正对着自己微笑,却隐含着一种说不出的端庄威严。

"这位女仙是谁?"

运用道力凝视,唯一能看出这女神有些特别的,便是她右手中正托着一颗碗大的宝珠,袅袅飘立之时依然高举颊边。

其珠白光灼灼,宛如托着一轮金日,难怪自己刚才被照得睁不开眼。再看她左手,倒是空无一物,低垂在腰下,旁边……正看到这儿,远处矗立的波涛忽然朝两边散去,现出那个刚被浪峰隐去之人。

"琼容?!"

"是我!"

刚刚还拽着浴水而出的女神衣襟不放的小丫头,一见小言喊她,立即松手,一如往昔般乐颠颠地朝这边蹈水跑来。

"是神女姐姐救了我哦!"

跑到小言面前,琼容便回头一指仙姿瑰丽的神女,告诉小言。

"是吗?"

听得琼容之言,小言正要作揖道谢,却忽听容光焕发的女神笑着说道:"少年郎,未晓你何样来历,竟能借力倒转时空。我刚刚醒来,不知发生了何事,但见你意欲杀生,恐怕……"

刚说到这儿,却不防小言躬身一礼,说道:"尊神在上,适才救护小妹之恩,暂且谢过;我此时却还有一事未了,请容后再聆神谕!"

从容说完,张小言一转身,走到魔力俱失正在海波中挣扎沉浮的昔日水侯面前,肃容说道:"嗯,既然有女神现身,我便不动刀枪。"

说罢小言足践海波,走到孟章身前,俯下身去在往日跋扈无比的水侯耳边轻轻说了一句。只见,一言才毕,跋扈水侯立时双目睁圆,大叫一声,吐血气绝!

这时,那位心地仁慈的女神却再没管这事。现在她只是望着那个正探着头乐呵呵看着哥哥的小姑娘,表情变得惊异而迷惑,口中喃喃自语道:"咿……是不是我睡迷糊了? 刚才听错了? 琼容……小妹?!"

正是:

> 相聚不知好,相别始知愁。
> 琼珮心间照,犹自恋晴虹。
> 十年消歇梦,长剑吼青龙。
> 沧海几番覆,人尚醉春风。
> 笑把南山指,相顾忆流红。
> 人间多少事,神女一梦中。

图书在版编目(CIP)数据

四海为仙13：血战灭世魔 / 管平潮著 . —杭州:
浙江文艺出版社, 2021.8
ISBN 978-7-5339-6569-3

Ⅰ.①四… Ⅱ.①管… Ⅲ.①长篇小说—中国—当代
Ⅳ.①I247.5

中国版本图书馆CIP数据核字（2021）第126109号

选题策划	关俊红
责任编辑	张　可
营销编辑	宋佳音
封面设计	仙境 WONDERLAND Book design
版式设计	吴　瑕
封面绘图	谭明-ming
内文绘图	何故识君心
责任印制	张丽敏

四海为仙13：血战灭世魔

管平潮　著

出版	浙江文艺出版社
地址	杭州市体育场路347号
邮编	310006
电话	0571-85176953（总编办）
	0571-85152727（市场部）
制版	浙江新华图文制作有限公司
印刷	杭州杭新印务有限公司
开本	710毫米×1000毫米　1/16
字数	138千字
印张	10.75
插页	2
版次	2021年8月第1版
印次	2021年8月第1次印刷
书号	ISBN 978-7-5339-6569-3
定价	40.00元